9 Summers
10 Autumns

Dari Kota Apel ke The Big Apple

9 Summers
10 Autumns

Dari Kota Apel ke The Big Apple

sebuah novel

terinspirasi kisah nyata

Iwan Setyawan

Penerbit PT Gramedia Pustaka Utama, Jakarta

KOMPAS GRAMEDIA

9 SUMMERS 10 AUTUMNS
Dari Kota Apel ke the Big Apple

Iwan Setyawan

Kompas Gramedia Building
Blok I lt 5
Jl Palmerah Barat No 29-37
Jakarta 10270

Anggota IKAPI

Cetakan pertama Februari 2011
Cetakan kedua Februari 2011

editor
Mirna Yulistianti
proof reader
Novera K
setting
Fitri Y
foto sampul dari Shutterstock.com
desain sampul
Mulyono

GM 201 0111 0007
ISBN 978-979-22-6766-2

www.gramedia.com

Dicetak oleh Percetakan PT Gramedia, Jakarta

Isi di luar tanggung jawab Percetakan

Untuk Ibuk, untuk Bapak

"You must know that there's nothing higher, or stronger, or sounder, or more useful afterwards in life, than some good memory, especially **a memory from childhood,** from the parental home. You hear a lot said about your education, yet some such beautiful, sacred memory, preserved from childhood, is perhaps **the best education.** If a man stores up many such memories to take into life, then he is saved for his whole life. And even if only one good memory remains with us in our hearts, that alone may serve some day for our salvation."

Dostoevsky's
The Brothers Karamazov

1

HAMPIR PULANG, SELAMANYA

Westchester Avenue terlihat lebih sepi daripada biasanya. Tak seorang pun terlihat di *public self-service laundry* di sebelah *gas station*. Kebanyakan restoran tutup dan hanya beberapa orang terlihat di pusat perbelanjaan A&P. New York tengah sibuk mempersiapkan pesta kembang api di beberapa sudut kota untuk merayakan hari kemerdekaan.

Aku bergegas menuju Stasiun Fleetwood untuk naik kereta Metro North ke Manhattan, melihat pesta kembang api pertamaku. Namun, beberapa langkah sebelum sampai di pintu stasiun, tiba-tiba dua laki-laki yang jauh lebih tinggi, jauh lebih besar, berjalan ke arahku. Tanpa berkata-kata, mereka memotong langkahku lalu mencengkeram kedua lenganku dengan kasar.

Aku tak bisa menahan badanku yang mulai bergetar. Kedua kakiku seakan kehilangan tulang penyangganya. Keringat dingin mulai membasahi *T-shirt* putihku. Pikiran pun terbang entah ke mana. Aku hanya teringat Ibu, Bapak, dan empat saudara perempuanku. Siang itu, 4 Juli 2001, sekitar pukul dua. Mungkin semuanya akan berakhir, sebelum aku bisa membangun kepingan hidup di sini.

"*Give me your wallet! Now*!"

Aku merasakan sentuhan pisau yang tajam di perut sebelah kiriku. Dua lelaki kekar itu memegangi kedua lenganku semakin erat.

"*Pretend nothing happen or this knife will talk!*"

Ketakutanku semakin menjadi. Aku tak melihat satu orang pun di sekitar stasiun. Mungkinkah semuanya akan berakhir di sini, sebelum setahun bertualang di New York?

Salah satu dari mereka, remaja Afro American, sekitar 20 tahunan, berambut Afro tipis, bermata agak sipit, berkumis rapi, dan berkulit tak segelap kebanyakan Afro lainnya. Ia memakai baju *hip-hop* yang *stylish* tanpa *bling-bling*. Rekannya, seorang Hispanic yang kelihatan lebih muda, berkulit sawo matang, bertulang muka maskulin, tanpa kumis, dan kelihatan "bersih". Seandainya di Jakarta, ia bisa menjadi pemain sinetron.

Kuserahkan uang sekitar 120 dolar yang baru aku ambil dari ATM di sebelah apartemenku.

"*Please let me go, please,*" aku memohon. Tanpa bicara, mereka menggeretku ke tempat yang lebih sepi di bawah jembatan, dekat sekolah taman kanak-kanak. Jantungku hampir berhenti. Aku hampir tak bisa berdiri. Tak pernah kurasakan ketakutan seperti ini. Selain kematian, tak ada yang tersirat di pikiranku selain orang-orang tercinta yang menungguku di Gang Buntu.

"*Give me your card!*" bentak si Afro dengan suara besar yang dalam. "*Once again, give me your bloody card, quick!*" ancamnya sekali lagi tanpa meninggikan suara.

"*Please don't, please don't, this is the only card I have.*" Aku merasakan embusan napas mereka di samping telingaku, begitu dekat. Tanganku masih gemetar memegang dompet yang hanya berisi satu *debit card* dan foto keluarga.

Di tengah kepanikan, sekelebat kulihat bocah kecil memakai celana pendek merah dan baju putih berkerah, persis seperti seragam SD-ku dulu, berdiri di atas jembatan. Kekhawatiran tertangkap dari wajahnya. Aku terus menatapnya. Ia melambaikan tangan kecilnya, seperti sebuah perpisahan dan menghilang.

"*Give me your bloody card! Now!*"

Cengkeraman empat tangan besar itu semakin erat. Keduanya sekarang terlihat sedikit gelisah karena aku masih belum mau menyerahkan *debit card*. Dengan segala kekuatan yang ada, aku genggam kuat dompetku. Pisau kecil mereka masih menempel di perut kiriku, dinginnya menembus *T-shirt* putihku.

Melihat sisa keberanianku, tiba-tiba si Afro melayangkan sebuah pukulan ke wajahku. Tanpa aba-aba. Aku jatuh ke trotoar di sebelah pintu masuk taman kanak-kanak itu dengan masih menggenggam dompet. Aku telah kehilangan ketakutanku dan menyerah pada apa pun yang akan terjadi. Seumur hidup, baru pertama kali aku merasakan bagaimana wajahku dihantam oleh tangan manusia. Lima atau enam pukulan datang kembali bertubi-tubi dan membuatku tak lagi melihat New York di sekelilingku. Sekejap aku melayang mengunjungi dapur rumah kecilku di Batu, tempat kami berkumpul, makan, berbagi cerita, berbagi duka. Kulihat wajah ibuku, daster tuanya, seragam merah putih kakakku, wajah memelas bapakku, dan adik-adikku.

"*Hey!! What are you guys doing there!!!*" Seorang ibu tiba-tiba berteriak dari atas jembatan. Kedua perampok itu mendongak terkejut dan segera berlari ke arah stasiun, meninggalkan aku terkapar di atas trotoar. Airmata tak lagi menetes, hanya sedikit darah dari sudut mulutku. Masih kugenggam erat dompet berisi *debit card* dan foto keluarga.

Dengan sisa tenaga, aku menyeret langkah memasuki stasiun, menuju Grand Central Terminal. Beberapa orang yang sedang menunggu kereta melihatku dengan heran. *T-shirt*-ku basah oleh keringat dan sedikit bercak darah menempel di bahu kiri. Aku mulai merasakan ngilu di tulang pipi dan sedikit perih di sudut bibir. Begitu sampai di Grand Central Terminal, aku segera melaporkan kejadian itu ke kantor polisi.

"*Welcome to New York!*" kata teman sekerjaku keesokan harinya, saat melihat mukaku yang biru-biru.

Dan setelah peristiwa penodongan itu, aku sering melihat bocah kecil berbaju merah putih itu di sekelilingku.

Begini ceritanya…

2

RUMAH KECIL TAK BERUMPUT

Dua hari setelah penodongan itu, aku melihat bocah kecil berbaju merah putih lagi. Pada sore hari di musim panas itu, ia berdiri di depan pusat informasi Grand Central Terminal. Sendirian di tengah ratusan orang yang lalu-lalang sepulang dari kantor menuju *subway station* atau kereta listrik Metro North.

"*Hey! What are you doing all alone here?*" Kudekati dia.

Ia hanya menunduk, suara kecilnya nyaring menjawab, "Muka Mas masih biru-biru semua. *Are you OK?*"

"*Don't worry about me.* Ayo kita cari tempat duduk! *Let's grab something for dinner.*"

Ia pun mengikutiku menuju pusat jajanan di lantai bawah Grand Central yang megah ini.

"Sebenarnya, aku telah mengikuti Mas semenjak pindah

ke New York," katanya mengejutkan, sambil melahap *bread pudding* yang aku belikan.

"*How? I have only seen you two days ago. Where have you been before?*" aku taruh pizza di tanganku. Tak sabar menanti jawabannya.

"Ibu yang cerita tentang New York. *Ibu cerita kabeh. Kabeh Mas*. Ke mana saja aku selama ini? Nggak penting *iku*. Ayo Mas makan pizza-nya dulu." Ia menunjuk dua potong pizza yang masih belum aku sentuh. "Aku bisa merasakan kesendirian Mas, apalagi semenjak Mbak Ati pergi dan penodongan kemarin itu," lanjutnya.

"*Forget about loneliness. A kid like you knows nothing about loneliness! You know Mbak Ati?*"

"*Of course!* Berkat dia Mas bisa di New York seperti sekarang. *I think she's an angel.* Dia telah bantu Mas banyak sekali untuk memulai hidup di sini. *She's an angel, isn't she?*"

Aku hampir tak percaya mendengarnya. Kutatap mata bulatnya dalam-dalam dan tiba-tiba aku merasa tak asing lagi dengannya. Entah kenapa. Melihat baju merah putih yang ia kenakan, kenangan pun melayang ke masa kecilku. Kubagikan cerita ini di sepanjang makan malam itu, seperti sebuah perkenalan.

Tak banyak kenangan indah dari masa kecilku di Batu, Malang. Tak banyak warna-warni yang muncul dari masa kecilku, dan tak banyak tawa yang bisa kuingat. Sampai saat ini, aku tidak bisa mengingat mainan apa yang pernah aku punya. Tidak ada boneka, tidak ada mobil-mobilan, dan tidak ada buku cerita. Hanya layar hitam putih TVRI dan lampu redup di ruang tamu yang menjadi teman setia kami. Di ruang tamu ini lima bersaudara berkumpul, bercerita, bertengkar, bercanda, dan berbagi kepahitan hidup tanpa kata-kata. Di ruang tamu ini aku mengenal dan mencintai keempat saudara perempuan dan orangtuaku. Di ruang tamu ini kami bisa melihat rumah bertingkat tetangga dengan ruang tamu yang lebih besar, lantai bertegel, dan pagar yang bagus. Di ruang tamu ini kami membaca, menulis, menangis, dan tumbuh bersama. Di ruang tamu ini kami mulai melukis kehidupan kami.

Di rumah mungil berukuran 6 x 7 meter dan hampir tak berhalaman ini, kami bertujuh berbagi dua kamar tidur, satu ruang tamu kecil, satu dapur, dan satu kamar mandi. Sebagai anak laki satu-satunya, aku selalu berpindah-pindah tempat tidur. Dari kamar ibu bapakku, kamar kakak perempuanku, ruang tamu, dapur, sampai tidur dengan kakek nenek di rumah bambu mereka yang berlantai tanah, di sebelah rumah kami. Aku selalu menginginkan sebuah kamar, bisa menutup pintunya dan mengarungi malam sendiri. Namun meminta kamar sendiri pada saat itu bukan hanya permintaan yang sangat bodoh, tapi juga pertanyaan yang tak berhati.

Ketika memasuki SMP, aku lebih sering tidur di ruang tamu, di depan TV, di atas karpet cokelat. Musuh terbesar yang aku takuti adalah gelapnya malam dan tikus-tikus yang biasa berkeliaran dari dapur. Sebelum tidur, aku selalu memeriksa pintu dapur supaya selalu tertutup rapat dan menyumpal bagian bawah pintu dengan kain pel atau keset supaya tikus-tikus tidak mengunjungi tempatku tidur. Sering juga pada malam hari, aku terbangun, terbatuk-batuk karena dinginnya udara Kota Batu. Ibu selalu bangun membuatkan kopi panas untukku. Semuanya pun nyaman kembali. Tak ada obat batuk, hanya kopi panas, hanya kehangatan dari Ibu. Aku pun berbaring di atas karpet cokelatku kembali.

Karena aku sering batuk-batuk pada malam hari, Bapak membuatkan ranjang dari bambu. Ranjang ini ditempatkan di sudut ruang tamu kami, di dekat pintu dapur, di depan kamar orangtuaku. Ranjang bambu berukuran kira-kira 0,5 x 1,5 meter itu adalah ranjang pertamaku. Aku bisa merasakan hati Bapak di atas ranjang itu, kehangatan hatinya yang tak pernah diucapkan lewat kata-kata atau pelukan. Tak ada kasur empuk saat itu, hanya beberapa gulungan tikar dan karpet cokelatku. Di gelap malam, aku berlayar di atas ranjang bambuku bersama hati Bapak.

Tak terasa, jam telah menunjukkan pukul 9 malam.

"*Do you want to come home with me? I have to catch up my train now. Sorry.*"

Ia menggelengkan kepalanya.

"*We have to meet again, OK. You know where I live and how to reach me. Take care my friend.*" Kujabat tangannya dan berlari menuju kereta Metro North yang akan membawaku ke Stasiun Fleetwood.

Semenjak pertemuan di Grand Central itu, dia sering mengunjungiku, entah di apartemen atau di sudut-sudut Kota New York.

3

RUANG BESAR KAMI

Dari beberapa apartemen yang pernah aku tempati di New York, akhirnya aku menemukan tempat yang paling nyaman, sebuah studio kecil di Sullivan Street, SoHo, Manhattan. Di sinilah, aku bisa menyebutnya rumah keduaku.

Di tengah keramaian SoHo, di antara butik-butik mewah, apartemen-apartemen tua yang masih gagah dan elegan, ratusan restoran, bar, atau kafe yang selalu sibuk, aku banyak meluangkan waktu sendirian di studio ini. Di tengah kesendirian, setelah pulang kerja atau pada akhir pekan, bocah kecil itu sering mengunjungiku.

"Apa kabar, Mas?" sapanya malam ini.

"*Good, good! Have a seat, please.*" Kupersilakan dia duduk di satu-satunya kursi di studioku. Sebuah *arm-chair* cokelat dari Pier 1 Import yang diletakkan di sebelah kasur busa *queen size* yang terhampar di atas lantai kayu, tanpa ranjang. Setelah melepas sepatu kecilnya, ia mengamati ruang studio yang berukuran sekitar 3,5 x 6 meter.

Tak banyak furnitur di dalam ruang yang mempunyai *fireplace* mungil ini. Hanya ada dua lemari kayu setinggi sekitar setengah meter dan sebuah meja kayu kokoh tempat makan juga tempat kerjaku. Semuanya bekas milik Mbak Ati yang dikirim dari Indonesia ketika ia pindah ke New York. Berkat Mbak Ati aku bisa menginjakkan kaki di New York. Sebelumnya, kami bekerja di kantor yang sama. Selama tiga bulan pertama, aku tinggal di ruang tamu apartemennya. Tanpa uang sewa. Dan tepat setelah tiga bulan aku di sana, Mbak Ati meninggalkan New York. Aku membeli semua furniturnya.

Di antara TV tua 14 inci, DVD *player*, dan *tape* Sony, ruangan studio ini dihiasi satu topeng kulit dari Venesia, empat patung perunggu dari pasar bekas Chelsea, beberapa lilin dari Anthropologie, dan dua patung kayu kecil dari Indonesia. Tak ada potret keluarga di sini, hanya tumpukan buku Dostoevsky atau majalah *GQ* edisi terbaru.

"Wah, *enake*. Nyaman sekali tempatnya. Mas sendirian di sini?" Ia berdiri, menengok *closet* kecilku yang berisi pakaian, sepatu, *mat* yoga, dan dua koper berisi baju bekas.

"*I am very grateful*. Dulu aku harus berbagi dua kamar untuk tujuh orang," kataku singkat, tanpa menambahkan bahwa kesendirian di sini kadang melahirkan udara melankolis yang menyiksa.

Setelah kubuatkan teh hangat untuknya, aku bercerita tentang rumahku.

Ruang terbesar di rumahku adalah ruang tamu berukuran 2 x 4,5 meter. Di sinilah kami berkumpul, mengenal hati satu sama lain, memegang hati satu sama lain. Salah satu kenangan manis di ruangan ini adalah ketika kami menerima tamu. Karena ruang ini begitu kecil, kami harus pindah ke dapur, kamar tidur, atau rumah Kakek Nenek. Kami selalu berharap agar tamu tak berlama-lama singgah karena kami tak ingin ketinggalan acara TV dan tak banyak yang bisa kami lakukan di dapur yang lampunya redup sekali. Untuk menghemat listrik, kami hanya bisa memasang lampu bohlam kecil 5 watt berwarna biru tua di atas pintu dapur. Lampu itu hanya kami nyalakan kalau mau masuk dapur saja. Ibu selalu marah kalau kami lupa mematikan lampu setelah keluar dari dapur. Jika tamu duduk berlama-lama, Ibu akan mengambil cobek dan menggosok-gosokkan ulek-annya di pintu dapur. Menurut dia dan kepercayaan Jawa, hal itu akan membantu mengusir tamu. Kami hanya tertawa di balik pintu. Pengorbanan kecil dan keprihatinan seperti inilah yang membuat kami lebih sabar dan kuat ketika harus melewati mendung di atap rumah kami.

Kadang ruang tamu ini begitu penuh ketika kami kedatangan tetangga dan saudara-saudara dekat untuk menonton TV bersama. Aku salah satu yang paling galak dan suka sekali memelototi tamu-tamu itu agar mereka tidak betah dan cepat pulang. Rumah kami begitu kecil dan aku merasa mereka telah mengambil ruang bermainku. Di kampung ini, aku banyak melihat warna kelabu dan saat itu aku tidak mengerti betapa berartinya buat orang-orang itu melihat dunia lain lewat TV. Ketika mengingat itu semua, aku selalu ingin berbagi, selalu ingin melihat dunia bersama keluargaku, bersama orang-orang yang aku cintai.

Aku dan saudara-saudaraku tumbuh di rumah yang dibangun dengan cinta dan kesederhanaan. Bangunan fisik rumah yang kecil dan apa adanya, melahirkan ruang yang besar pada hati kami untuk menerima kehidupan, betapapun kecilnya kebahagiaan yang kami terima. Kami tumbuh dalam lima detak jantung, dalam satu hati.

"*Are you OK there*?"

Mata bulatnya terlihat mengantuk.

Kupegang tangannya erat. Kami hanya diam. Tatapan matanya menembus kesunyian di studio ini, menembus kesepianku.

4

TAMAN KECIL

Kami kembali bertemu di depan Dean and Delluca SoHo. Setelah membeli *coffee latte* dan *blueberry muffin*, kami berjalan menuju Bleecker Street, menikmati udara pagi di sela-sela gedung-gedung tua di West Village. Kami semakin akrab, ia selalu menggandeng tanganku sekarang.

"*It's a beautiful day! Spring* akhirnya datang juga. *Do you know that spring is my favorite season?*" bisikku sambil menatap matanya yang sejuk. "*Spring symbolizes a hope, a new beginning*. Meninggalkan melankoli musim dingin, salju, dan malam yang panjang," lanjutku.

Setelah hampir setengah jam berjalan, kami duduk di salah satu sudut Washington Square Park, dekat New York University, menikmati hangat sinar matahari pagi. Di depan kami, beberapa mahasiswa duduk membaca buku pelajaran, novel, *New York Times* edisi akhir pekan, atau mendengarkan musik dari iPod/iPhone mereka. Semua terlihat santai. Bahkan, anjing-anjing yang bermain di *dog park* pun terasa menikmati akhir pekan ini.

Keindahan musim semi, kesegaran dari daun-daun muda yang mulai tumbuh adalah salah satu meditasi alam yang menyembuhkan bagiku.

"*Hey, do you want to continue your story about your home?*" pintanya.

"*Of course! It would be my pleasure...*"

Meskipun rumah kecil ini bukanlah rumah yang indah, kami selalu mencintainya. Kami selalu menjaga kebersihannya. Sedikitnya, kami mengepel lantai tiga kali sehari. Kakakku bahkan menemukan teknik tersendiri untuk mengepel lantai rumah ini dan dia selalu meyakinkan kami untuk melakukan teknik itu. Ia memastikan berapa banyak air di dalam ember, bagaimana cara memeras dan melipat kain pel, dari sudut mana kami harus mulai dan berapa kali harus mengulanginya. Buat kami, tiada tempat yang lebih indah daripada tempat yang bersih dan nyaman. Di rumah yang bersih, kami bisa melepaskan kepenatan. Di rumah yang bersih, kami mendapatkan ruang untuk kepedihan di hati dan melepaskannya.

Satu langkah dari pintu depan rumah terdapat jalan umum selebar satu meter di gang kecil, di dalam gang utama bernama Gang Buntu. Meskipun luas halaman rumah kami kurang dari setengah meter, kami selalu rajin menghijaukan halaman ini. Kadang kami menanam mawar, melati, atau bugenvil. Dari sinilah kami mulai menghargai alam dan mencintai keindahan, tanpa harus mengikuti les piano atau les menggambar. Dari halaman ini kami tumbuh bersama daun-daun hijau, bersama segarnya embun pagi di bawah Gunung Panderman.

Itulah rumah kami. Di rumah mungil yang berlantai semen dengan semua ketidaknyamanannya, kami merasakan cinta dan kesedihan bersama-sama. Di rumah mungil inilah cita-cita sederhana pertamaku mulai bersemi. Mempunyai sebuah kamar tidur sendiri, di lantai dua. Di atas dapur.

"*That's it for now! Do you want to continue our walk?*"

Ia menganggukkan kepala. Matanya terlihat berkaca-kaca. Mungkin cerita rumahku ini terlalu sedih untuknya. Kupeluk badan tipisnya, begitu erat. Pipi halusnya menyentuh pipiku.

Kami berjalan menuju Meat Packing District. Aku masih bisa merasakan hangat napasnya di antara daun-daun hijau yang mulai tumbuh di pucuk ranting.

5

TETESAN AIR HUJAN

Berjalan pada pagi hari dari SoHo ke tempat kerjaku di Astor Place adalah salah satu perjalanan kaki favorit sepanjang hidupku di New York. Perjalanan selama 20 menit ini selalu segar dalam memori, menetes seperti air hujan setiap kali aku memanggilnya.

Pagi itu, bocah kecil ini berjalan mengikut langkahku menuju kantor yang terletak di persimpangan antara 8th Street dan Broadway.

"Perjalanan ini selalu mengingatkan perjalanan dari Gang Buntu ke SDN Ngaglik I Batu, melewati gang-gang kecil, kadang melewati hujan rintik, memakai seragam merah putih, seperti yang kau pakai sekarang ini." Kubuka percakapan.

Ia masih terlihat mengantuk. Baju merah putihnya terlihat kusut.

"Tahun lalu, ada beberapa *snowstorm* besar melewati New York. Berjalan pada pagi hari melewati taman yang masih sepi, ketika warna putih menyelimuti semua sudut taman, ketika salju masih turun deras, adalah sebuah meditasi alam yang nyaris sempurna. Kadang, tak lagi kurasakan dingin. Aku selalu menikmati langkah demi langkah di sini!

"Tentu saja pemandangan ini akan berbeda pada musim panas. Taman ini akan hidup kembali. Anak-anak kecil bermain air di sekitar pancuran yang terletak di tengah-tengah taman. Beberapa mahasiswi New York University berjemur dengan hanya memakai bikini, dan beberapa mahasiswa bertelanjang dada bermain *frisbee.* Pemusik memainkan jazz di sudut-sudut taman, pertunjukan sulap menghibur anak-anak kecil, piknik keluarga di atas rumput hijau atau hanya menikmati hari dengan duduk santai, membaca buku, mendengarkan musik. Musim panas, begitu hidup di sini. *Are you still with me? You look sleepy.*"

Ia menggelengkan kepala.

"Pagi ini aku ingin berbagi cerita denganmu, tentang beberapa kenangan di masa kecilku. Pingin dengar, nggak?"

Ia mengangguk.

Salah satu ingatan yang melekat kuat sampai saat ini adalah rumah mungilku dan tetesan air hujan. Dengan beberapa kebocoran di sana-sini, betapa pun kencang angin bertiup di luar, di rumah ini kami merasakan kehangatan. Kami merasa terlindungi. Sebagai anak-anak, rasa inilah yang kami inginkan dari rumah dan orangtua. Terlindungi, tidak lebih. Hangatnya air teh dan nikmatnya pisang goreng hanyalah bonus tambahan. Sampai saat ini, saat pulang kembali ke rumah ini, kami masih merasa terlindungi.

Ketika musim hujan, aku sering bermain-main di depan rumah, di bawah tetesan air hujan bersama Bapak. Ini adalah kegembiraan buatku. Aku bisa berlari dan berteriak lepas. Inilah waktu liburan kami. Air hujan yang menyentuh kepalaku menjadi salah satu kebahagiaan sederhana yang abadi. Kebahagiaan yang terbawa sampai sekarang dan yang mungkin menyelamatkan masa dewasaku.

Mengingat kembali diriku berlarian, basah di bawah tetesan air hujan dengan tawa yang lepas, membuatku menahan napas beberapa saat. Tak ada kata-kata yang bisa menggambarkan kebahagiaan ini. "*Biarkan rambutmu basah, berlarilah, berteriaklah, karena kenangan seperti ini tak bisa kauulang, tak bisa kaubeli.*"

Aku juga sering melihat memori masa kecilku di beberapa furnitur yang masih kami simpan saat ini. Salah satu yang terbawa hatiku adalah meja marmer berkaki kayu. Marmer yang sudah retak-retak itu masih terawat dengan bagus. Di masa kecil, kami selalu mempunyai impian untuk menyimpannya sampai beberapa tahun dan kemudian menjualnya dengan harga bagus. Meja itu adalah furnitur terbagus di rumah ini dan menjadi tabungan kami. Meskipun marmer itu sudah retak-retak, impian ini masih menyala dan kami tetap menyimpannya. Nilai-nilai inilah yang membuat aku yakin bahwa impian haruslah menyala dengan apa pun yang kita miliki, meskipun yang kita miliki tidak sempura, meskipun itu retak-retak.

Furnitur lain yang masih ada sampai sekarang adalah lemari kayu di kamar orangtuaku. Lemari yang tidak terlalu besar setinggi hampir dua meter itu tempat menyimpan barang-barang kami bertujuh. Semuanya, dari seragam sekolah, baju sehari-hari, dokumen-dokumen berharga seperti surat keluarga, ijazah, surat nikah, atau celana dalam. Semuanya tersimpan dalam satu lemari. Di lemari itu aku merasakan bahwa kebersamaan di masa kecillah yang bisa mengikat kami setelah nantinya menempuh jalan sendiri-sendiri.

Setelah dewasa, setiap kali aku membuka lemari itu, aku merasa membuka kembali memori masa kecil yang tersimpan rapi di sana. Aku bisa merasa kesejukan masa kecilku. Seperti air hujan yang menetes di kepala, di depan rumah kecilku.

"Demikianlah, sebagian kenangan masa kecilku."

Ketika sampai di depan Starbucks Astor Place, kami pun berpisah. Aku memasuki kantorku di 770 Broadway dan ia entah ke mana.

6

ASAP JALANAN

Menulis kembali kenangan masa lalu butuh sebuah keberanian. Banyak lembar ingatan yang tak berani aku sentuh, karena melankoli yang muncul bisa meledak dan tak ada kekuatan diriku untuk meredamnya.

Tangan kecilnya menggandengku. Kami berjalan di sepanjang Brooklyn Bridge. Matahari di musim panas hari itu tidak begitu menyengat. Ia tiba-tiba berhenti, mengambil botol *Aqua* dari tas sekolahnya.

"Aku kangen Bapak," katanya setelah meneguk air dari botol plastik itu. Ia pun kembali berjalan. "Aku kangen Bapak," katanya sekali lagi. Aku tak sanggup membalasnya dengan kata-kata, hanya memeluknya erat. Lembaran kenangan pun melayang, menelusuri hidup bapakku.

Bapakku, Abdul Hasim, hanya bisa mengingat tahun kelahirannya, 1948. Orangtuanya yang berasal dari Sleman, Yogyakarta, pun tak bisa mengingatnya. Hanya 1948. Orangtuanya, Pak Prawira Dikrama, petani padi yang menikah dengan Bu Tukinem, ibu rumah tangga yang kadang berjualan tempe dan kadang membantu bertani. Keduanya tidak pernah duduk di bangku sekolah. Tak ada baca tulis. Tak ada matematika, tak ada kimia, tak ada Pendidikan Moral Pancasila dalam hidup mereka.

Bapakku anak keenam dari sembilan bersaudara. Ketika berumur tujuh bulan, dia harus pergi ke Malang untuk diasuh oleh adik bapaknya. Dia besar bersama satu saudara angkatnya, Bu Agik. Bapakku meninggalkan rumahnya ketika ia masih harus mendapatkan air susu ibunya. Ketika ia belum mengenal nama orangtua dan saudara-saudaranya. Ketika ia belum mengetahui namanya sendiri.

Setelah lulus dari Sekolah Rakyat di Malang, Bapak meneruskan sekolah di salah satu SMP Islam di Batu. Sepulang sekolah, Bapak bekerja sebagai kenek mobil angkutan umum bersama suami Bu Agik, Pak Ucup. Tidak ada les bahasa Inggris, tidak ada tidur siang. Ia menelusuri jalanan di Kota Batu. Cerita ini kerap menghantuiku, bagaimana kalau sejarah itu terulang, bagaimana kalau aku harus meluangkan masa mudaku di atas angkot. Mampukah diriku melalui jalanan yang ditempuh oleh Bapak? Sampai saat ini, cerita itu kerap menghantuiku.

Pak Ucup yang kukenal mempunyai pandangan hidup yang modern dan etos kerja yang sangat luar biasa. Ketika banyak orang pribumi yang hanya iri atas kesuksesan kaum Tionghoa, Pak Ucup berbeda. Pak Ucup yang dulunya tentara justru banyak belajar dari kaum Tionghoa. Ia terinspirasi dan selalu ingin maju. Kerja keras, terus belajar, dan kejujuran adalah tiga kunci sederhana yang selalu dia pegang. Sosok inilah yang menjadi inspirasi pertama bapakku. Di mana lagi ia akan menemukan inspirasi selain dari jalan-jalan yang ia lalui dan orang-orang terdekatnya? Jendela dunia begitu sempit.

Sayangnya, Bapak harus putus sekolah karena tidak ada biaya. Ia hanya mengecap pendidikan sampai kelas 2 SMP dan memutuskan untuk bekerja penuh sebagai kenek angkot bersama Pak Ucup. Ia memulai harinya sekitar jam 6 pagi. Setelah sarapan dengan Pak Ucup di warung jalanan, mereka mulai mencari penumpang di terminal Batu dengan oplet hijau merek Dodge tahun 1938 yang sebagian bodinya terbuat dari kayu. Mobil tua yang bisa memuat kira-kira sepuluh orang ini bannya bisa bocor empat sampai lima kali sehari. Ya, empat sampai lima kali mereka harus menambalnya. Tidak ada jalur angkot khusus saat itu. Mereka bisa mengambil jalur Batu-Malang, Batu-Pujon, atau Batu-Punten, tergantung ke mana kebanyakan penumpang saat itu. Pukul empat sore, ketika Kota Batu sudah mulai sepi, mereka kembali ke rumah. Bapakku mengantongi 5 rupiah sebagai upah kenek.

Tahun 1969, setelah empat-lima tahun menjadi kenek, Bapak mendapatkan Surat Izin Mengemudi dan memulai kerja baru sebagai sopir angkot. Menurut Bapak, sopir adalah pekerjaan yang sangat bagus pada saat itu. Cita-cita tinggi hanya menjadi angan-angan. Kerjaan menyopir ini memberi dia segalanya. Dengan pekerjaan ini, Bapak membawa kami ke perjalanan ke depan, bersama debu-debu jalanan, bersama polusi, bersama semilir angin Kota Batu.

Setelah beberapa tahun menyopir, Bapak berusaha mandiri. Berkat tabungan berpuluh-puluh tahun, ia berhasil membeli mobil bekas seharga sekitar dua juta pada tahun 1980. Sukses yang cukup besar saat itu dan membanggakan kami. Bapak tak lagi harus menyetorkan sebagian uang hasil kerjanya ke "juragannya". Kami kadang ikut Bapak ke Malang, menjemput beberapa penumpang langganannya. Malang adalah kota terjauh yang kami jangkau dan betapa bahagianya bisa melihat pemandangan di sepanjang jalan. Ketika angin berembus membelai rambut, ketika melihat Gunung Panderman, ketika debu-debu jalanan menyentuh muka kecil kami, dunia menjadi lain. Kami tak lagi di Kota Batu. Dunia terlihat lebih besar.

Bapak tumbuh bersama asap jalanan sampai tahun 2005, sepanjang 36 tahun. Dalam perjalanan itu, ia sempat mendekam di penjara selama sebulan karena menabrak dua orang yang sedang mengendarai Vespa. Beruntung tidak ada nyawa yang terenggut atau cedera yang menyebabkan cacat seumur hidup, tapi Bapak tak mampu membiaya mereka yang harus masuk rumah sakit untuk beberapa hari. Saat itu Mbak Isa masih berumur setahun dan Ibu sedang mengandung Mbak Inan. Sebelum sidang dimulai, Bapak mendekam sebagai tahanan di Polresta Malang selama seminggu. Tak ada uang angkot, Ibu harus menjual piring, baju bekas, atau mencari pinjaman ke sana-sini. Setelah sidang, Bapak masuk sel di Kompleks Penjara Lowokwaru Malang. Ibu dengan ketegarannya menghidupi dirinya, Mbak Isa, dan bayi di kandungannya dengan menjual atau menggadaikan barang-barang yang tersisa di rumah. Ia mengunjungi Bapak seminggu sekali. Membawa makanan kesukaannya. Membawa cintanya.

Jutaan kilometer yang ia lalui tak hanya mengubah warna kulitnya menjadi legam, di perjalanan panjang itu pula hatinya tergores dan terpolusi. Bapak menjadi seseorang yang temperamental. Ia sempat berkenalan dengan minuman keras untuk memberi ruang pada rasa penatnya. Di sepanjang perjalanan itu, Bapak tak pernah menanyakan ke mana masa muda dan masa kecilnya. Dan di sepanjang perjalanan itu pula, kami melihat matahari mulai bersinar.

Aku masih memeluk bocah kecil itu di atas Brooklyn Bridge. Angin memberi sedikit sentuhan sejuk pada sore hari musim panas ini. "*Aku kangen Bapak*" yang keluar dari mulut kecilnya tadi seakan telah memberikan kekuatan untukku, untuk menelusuri kembali hidup bapakku. Aku telah menyimpan kisah ini begitu lama, dan baru sore ini aku bisa berdamai dan melepaskan kisah ini.

Aku sedikit lega.

7

ANAK-ANAK DI KAKI GUNUNG PANDERMAN

Kerinduan di tengah malam yang panjang. Kesunyian di tengah hiruk pikuk New York City yang tak berjeda. Kesibukan di balik meja kerja yang kadang brutal. Aku mulai merasakan ada kesejukan yang hilang. Ada sudut hati yang mulai gersang. Hingga datang dua sahabat yang menangkap kegelisahan ini. Esther dan Dedy. Mereka kemudian memperkenalkan yoga kepadaku. Dari *downward facing dog* pertama, aku langsung merasakan kesejukan baru memasuki celah-celah hatiku. Yoga dan filosofinya telah membuka jendela baru.

Malam itu aku bertemu dengannya di depan Studio Jivamukti Yoga di daerah Union Square. Ia menungguku selepas mengikuti kelas yoga yang dipimpin oleh salah satu guru spiritualku, Rima. Masih dengan baju merah putihnya, ia langsung memelukku.

"*I miss you*," singkat katanya menyegarkan. Kami pun berjalan sepanjang Broadway, menuju apartemenku di SoHo.

"*I miss you more*," bisikku.

"Bagaimana kelas yoga malam ini?" tanyanya di depan Le Pain Quotidien, salah satu restoran favoritku untuk *brunch* pada hari Minggu. Aku selalu ke tempat itu untuk secangkir *latte* dan *almond croissant* setelah mengikuti kelas yoga pagi bersama guru spiritual utamaku, Lady Ruth.

"*As always, yoga class is healing*. Aku selalu menemukan kesegaran baru di tengah-tengah hiruk pikuk kota ini. Yoga memberi napas baru. *Yoga and you are the best things in my life here*.

"Jivamukti Yoga seperti tempat rehab bagiku, rumah spiritualku, tempat pencucian kotoran hidup, pemurnian diri. *Can you believe that I come to this place about five times a week? And Lady Ruth, I think she has saved my life*," jawabku.

"Apa kabar di rumah Batu. *How's your mom?*" Ia tiba-tiba menanyakan Ibu dan keluargaku.

"*They are fine, thank you. Do you know I always call my mom almost everyday?* Dia pahlawan hidupku."

Aku pun menguatkan diri bercerita tetang Ibu walau sedikit khawatir jika cerita ini terlalu muram untuknya.

Ibuku, Ngatinah, adalah cinta, kesederhanaan, dan ketegaran. Ibu yang lahir dan dibesarkan di Batu, 10 Mei 1953, tidak pernah merantau keluar kota. Ia anak pertama dari tujuh bersaudara yang juga tidak pernah merantau jauh dari Kota Batu. Dua adiknya meninggal dunia pada usia 40-an, meninggalkan anak-anak dan istri mereka di kaki Gunung Panderman. Kehidupan dan rantai ketidakberuntungan membunuh mereka.

Orangtua mereka adalah pasangan Bapak Ngatemun dan Ibu Wagini. Dua orang yang dekat denganku, dua orang yang memberi banyak kenangan di masa kecilku. Dua orang yang begitu putih, begitu tegar. Bapak Ngatemun adalah bekas polisi yang pernah ikut berlayar sampai ke Mekah, tapi harus meninggalkan pekerjaannya karena Mbok Pah, mertuanya menginginkan dia tinggal di Batu, mengikuti prinsip "*mangan ora mangan sing penting kumpul*". Bapak Ngatemun yang sangat pendiam ini akhirnya memilih menjadi penjual jam tangan bekas di Pasar Batu. Aku sering meluangkan malam bersamanya, tidur seranjang, mengintip bulan dan bintang dari sela-sela rumah bambunya dengan lampu minyak yang redup. Sering kali, aku melihatnya duduk sendiri di ruang tamu, diam. Mungkin mendengarkan jangkrik atau membiarkan malam memasuki dirinya. Aku sering bertanya apa yang dia pikirkan saat itu, tapi aku tak pernah mendapatkan jawabannya.

Karena hampir tak ada mainan, buku-buku pelajaranlah yang jadi "mainan" kami. Semenjak kecil kami rajin belajar dan jelas sekali di ingatanku, tidak mudah belajar di siang, sore, atau malam hari. Terlalu ramai. Rumahku terlalu sempit untuk kami bertujuh, apalagi jika kedatangan tamu atau tetangga yang ikut menonton TV pada malam hari. Sering kali akhirnya kami harus bangun pagi-pagi sekali untuk belajar. Aku selalu memesan Ibu atau Bapak untuk membangunkanku sekitar jam tiga pagi. Kalau mereka ketiduran dan tidak membangunkanku, aku kecewa bahkan menangis, menyalahkan mereka. *Bagaimana jika aku tidak bisa mengerjakan ujian, bagaimana jika aku gagal?* Aku sering memilih tidur dengan kakekku, karena dia tak pernah lupa membangunkanku. Di bawah lampu minyak, di atas lantai tanahnya, aku bisa "bermain" dengan buku-buku pelajaranku, di tengah sepinya pagi.

Ibu Wagini, nenekku, yang kupanggil dengan sebutan "Mak Gini", berkulit putih. Kecantikannya memancar dan ia selalu memakai kebaya. Ia tidak pernah mengenyam dunia sekolah dan hanya bekerja sebagai calo di tempat pegadaian setengah hari. Di sinilah dia mulai mengenal angka dan huruf. Dari sinilah ia mulai bisa menggerakkan pena, mengeja kata-kata sederhana. Bersama kakekku, ia membesarkan tujuh orang anak. Hanya anak terkecilnya yang bisa mengenyam pendidikan setamat SMA, di sekolah perawat Malang, dan menjadi bidan desa. Sriati, anaknya yang ke-6, pernah mendapatkan PMDK ke IKIP Malang, tapi gagal masuk karena tidak ada biaya. Keempat anak laki-lakinya menjadi sopir atau kenek angkot dan ibuku sendiri, ia mengerjakan apa saja untuk membantu roda hidup berputar. Seperti membantu jualan baju di pasar, menyortir miri, atau mengutil biji jagung. Hidup di bawah kaki Gunung Panderman yang indah ini tidaklah mudah. Masa depan buat kami saat itu adalah mempersiapan makan saat matahari terbit keesokan hari. Masa depan tidaklah jauh ke depan.

Ibu tidak bisa menyelesaikan sekolahnya di SD Taman Siswa Batu karena penyakit gatalnya ketika memasuki ujian akhir. Ia kemudian membantu Mbok Pah, neneknya, berdagang baju bekas di Pasar Batu. Di sinilah, ia menghabiskan masa kecilnya dan setelah beberapa tahun kemudian, ia bertemu dengan Bapak. Cinta bersemi selama 6 bulan di Pasar Batu dan mereka menikah pada tahun 1970.

Garis hidup melahirkan sifat sederhana yang luar biasa pada diri Ibu. Dialah yang membangun ide untuk menabung, mengingatkan kami kalau perlu ke dokter, kalau mobil bisa rusak sewaktu-waktu, kalau rumah bisa bocor, kalau kami butuh makan bergizi. Ibulah yang mengatur berapa liter nasi yang harus ditanak tanpa tersisa keesokan harinya, kapan kami harus makan daging, ayam, atau tempe. Ibu yang tahu barang apa yang harus digadaikan untuk membeli sepatu baru untuk anaknya dan mengatur pembayaran uang sekolah kami. Ibulah yang membelah satu telur dadar untuk dua atau tiga orang. Ibulah yang selalu menyembunyikan tempe goreng supaya tidak dihabiskan salah satu anaknya. Dia menghadirkan demokrasi berbagi di tengah pergulatan hidup. Ibuku adalah cermin kesederhanaan yang sempurna di mata kami dan kesederhanaan inilah yang menyelamatkan kami. Kesederhanaan inilah yang membangun rumah kecil kami.

Kesederhanaan yang luar biasa itu tidaklah mudah kami cerna sebagai anak-anak dulu. Kadang pedih. Tak ada boneka, mobil-mobilan, les bahasa Inggris, sepeda BMX, bahkan minta buku-buku pelajaran pun harus diseleksi. Banyak keinginan yang terpendam dan aku bisa mengingat dengan jelas sampai saat ini. Pada saat Lebaran, Ibu selalu bertarung untuk membelikan baju baru untuk kami. Inilah pengeluaran "termewah" untuk anak-anaknya, dan dia selalu mencari pilihan terbaik sesuai dengan uang yang ada. Pernah, dia baru bisa membelikan baju baru untukku setelah salat Ied, itu pun setelah mendapat pinjaman uang. Sementara, aku sendiri dengan teganya, bahkan sampai menangis, meminta baju baru jauh hari sebelum Lebaran. Hampir tiap hari aku menanyakan baju Lebaran itu. Betapa aku tak mengerti ibuku, menjajah dia.

Kami sering melihat awan gelap di atas rumah, kadang badai. Apalagi setelah kami menginjak besar. Biaya sekolah, seragam, dan buku-buku membengkak. Kebijakan Ibu menyelamatkan kami semua. Ketegarannya menghadapi segala kesulitan ini, ketekunannya, airmatanya, membawa kami melalui awan gelap itu. Ibuku, di balik kelembutannya, menyimpan kekuatan yang luar biasa. Di balik kesabarannya, ia berhasil membawa kami semua hidup di bawah satu atap. Rumah kecil ini dibangun pada tahun 1976, di atas tanah seluas 7 x 6 meter, seharga Rp40.000. Ia jugalah yang membangun rumah dengan fondasi kuat, di hati kami masing-masing.

Ibuku, hatinya putih, ia adalah puisi hidupku. Begitu indah. Ia adalah setiap tetesan airmataku.

Mak Gini dan Pak Mun, meninggalkan raga mereka di usia yang ke-69 dan 70. Mak Gini diduga meninggal karena kanker rahim. Pak Mun diduga menderita parkinson. Keduanya tidak pernah mendapatkan perawatan di rumah sakit. Salah satu penyesalan terdalam dalam hidupku, aku belum sempat membahagiakan mereka. Aku mekar bersama mereka dan belum menghadirkan lukisan indah di rumah mereka. Aku pun tak hadir di penguburan mereka.

"Itulah Ibu dan keluarganya!"

Bocah kecil itu terlihat sedikit lelah, mungkin karena

perjalanan sepanjang kurang-lebih 30 menit ini, atau karena mendengar ceritaku.

Memasuki Prince Street, ia memegang erat tanganku. Tak ada kata-kata. Hanya kehangatan genggaman tangannya memasuki malam, memasuki napasku.

8

PEMBUKA JALAN

Setelah beberapa kali pertemuan, aku semakin merasakan kehangatan di antara kami. Di tengah syahdu wajahnya, aku mulai sering melihat senyum kecil di sudut mulut mungilnya. Malam ini, tidak seperti biasanya, kami membuat janji dulu sebelum bertemu di tempat yang tidak seperti biasanya. Times Square, New York City. *OK, this is interesting. Times Square. The most crowded spot in the US* dan dia ingin bertemu di sini? pikirku.

"Aku ingin melihat gemerlap lampu-lampu malam," bisiknya di telingaku. Pipi gembulnya menyentuh pipiku.

Setelah berjalan kurang-lebih setengah jam berkeliling Times Square, ia tampak sedikit lelah dan bertanya, "Siapa yang banyak memberi warna dalam hidupmu?"

Sebuah pertanyaan yang cukup mengejutkan.

"Tak ada yang bisa memberi warna lebih dalam hidupku, selain saudara-saudaraku tercinta."

Duduk di TKS, salah satu tempat nongkrong umum di Times Square, sambil melihat-lihat kegagahan New York di malam hari itu, aku bercerita tentang kakak pertamaku.

Kakak pertamaku, Siti Aisyah, lahir 1 Maret 1971 adalah pembuka jalan. Aku tidak tahu bagaimana ia, sebagai anak pertama, mendobrak dan menemukan jalannya. Kami sebagai adik-adiknya sering kali hanya mengikuti dan melewati jalan yang telah ia tempuh. Ia pintar sekali, tulisan tangannya bagus. Ia adalah bakat yang terbengkalai, korban ketidakmapanan pada masa lalu.

Mbak Isa, begitulah aku memanggilnya. Ketika SD badannya kurus kering dan ia sering menderita bronkitis di tengah dinginnya Kota Batu. Tabungan dan cincin emas Ibu sering kali digadaikan atau dijual untuk membawa kakakku ke dokter. Di SD Ngaglik 3, Mbak Isa selalu mendapatkan ranking teratas, mulai dari kelas 1 sampai lulus, tanpa ada bimbingan dari siapa pun di rumah. Tak ada les matematika, tak ada les IPS, tak ada pelajaran baca tulis dari orangtua kami, bahkan tak ada aturan khusus kapan harus belajar. Dia maju sendiri. Dia menjadi terkenal di SD karena ranking dan kemampuan matematikanya di atas rata-rata. Kepintaran dan kedekatannya dengan buku-buku pelajaran menjadi inspirasi buat kami. Kami ingin pintar seperti Mbak Isa. Bahkan gaya tulisan tangan kami pun meniru tulisan tangan Mbak Isa. Dia telah membuka jendela buat adik-adiknya, dia melahirkan kami kembali.

Kakakku melanjutkan sekolah di SMPN 1 Batu dan terus mempertahankan ranking terbaiknya meskipun mulai menderita penyakit asma. Ia sering kali mengajakku untuk ikut belajar kelompok bersama dengan teman-temannya, sekalian mengasuhku. Di sini aku mulai mengintip dunia di luar rumah dan kadang aku merasa sangat kecil di sana, entah kenapa.

Memasuki SMAN 1, satu-satunya SMA negeri di Kota Batu, kakakku bisa mempertahankan prestasinya di tengah-tengah penyakit asma yang semakin parah. Meskipun rankingnya pernah turun ke peringkat 16 di puncak serangan penyakit asma, kakakku juga pernah menjadi juara umum di SMA. Ia juga pernah mengikuti lomba kimia, berkompetisi di tingkat kabupaten, mewakili Kota Batu, mewakili kami, mewakili keluarga, dan mewakili rumah kecil kami. Aku merasa sangat bangga meskipun dia tidak menjadi yang terbaik di kompetisi itu. Pada saat-saat seperti itu kami merasa kami pun bisa berbicara, bisa menempatkan diri sejajar dengan yang lain, meskipun rasa "kecil" tetap menjadi bagian terbesar ketika kami tumbuh.

Sayangnya, dengan segala usaha keras di tengah penyakit asma, Mbak Isa tidak lolos UMPTN. Kuliah di universitas swasta bukanlah pilihan saat itu. Ia harus menunggu setahun untuk mencoba kesempatan UMPTN lagi dan dalam tahun itu pula kakak keduaku akan lulus SMA. Karena orangtua kami tidak mungkin membiayai dua anak kuliah, Mbak Isa pun memberikan hatinya, memberikan kesempatan kepada adiknya. Siapa pun yang akan ke bangku kuliah, tidaklah masalah, dia mewakili rumah kami.

Mbak Isa memutuskan untuk mengambil beberapa kursus di Malang sambil mencari kesempatan kerja. Dengan reputasi sebagai anak yang lumayan pintar, akhirnya mbakku yang pendiam ini memutuskan untuk memberikan les privat kepada anak SD dan SMP. Dalam selang waktu yang tidak lama, ia dikenal sebagai guru les yang andal dan mendapatkan tambahan murid dengan cepat. Orangtua murid-muridnya tak segan-segan membayar lebih mahal daripada guru les lain karena Mbak Isa berhasil membantu anak didiknya untuk maju. Ia memberikan les privat dari satu rumah ke rumah lain, dari siang sampai sekitar jam delapan malam. Dari sinilah ia membantu menyekolahkan adik-adiknya, membukakan jendela buat kami berempat. Di sinilah, ia membantu membangun "rumah" kecil kami.

Setelah beberapa tahun memberikan les privat, Mbak Isa mencoba merantau ke Palembang, ke tempat paman dari Bapak. Sayang ia tidak mendapatkan pekerjaan yang diharapkan dan kerinduan akan rumah kecilnya di Batu tak terbendung pula. Ia kembali ke Batu, kembali ke "rumah"-nya, kembali memberikan les privat.

Mbak Isa menikah dengan Papik di usia ke-28 dan dikaruniai dua buah hati, Daanii dan Alya. Mereka berempat tinggal di Gang Buntu, beberapa meter dari rumah kami. Rumah mereka lebih besar daripada rumah mungilku.

Tahun berganti dan kami mulai melihat sedikit terang dari atap rumah kami. Mbak Isa, pada usia ke-35, dengan dorongan dari Ibu dan hatinya sendiri, masuk ke sekolah guru SD (PGSD) di Batu. Ia bersekolah sambil memberi les privat selama kurang-lebih dua tahun. Kakakku adalah salah satu bintang di sekolahnya. Pada usia 35 tahun, ia mencoba untuk ikut tes pegawai negeri. Iya, pada usia 35 tahun, di ambang batas usia untuk mencalonkan diri menjadi pegawai negeri. Ia berhasil menembus tes pegawai negeri di urutan nomor 5 dari ratusan peserta yang ikut saat itu. Kesempatan terakhir untuknya dan dia pun mendapatkannya. Bapak terdiam, Ibu menangis, semuanya terjadi, seperti tidak mungkin. Matahari di atap rumah kami mulai bersinar.

"Itulah kakakku, Mbak Isa. Kamu capek?"

Gemerlap lampu di Times Square kadang terlihat seperti potret hitam putih di tengah cerita ini. Ia duduk membisu, matanya menerawang ke puncak gedung New York Times.

"Terima kasih, menghadirkan Mbak Isa di tengah-tengah Times Square ini," katanya luruh.

"Ia adalah lampu terang. Seperti warna pelangi di tengah hitam putih Times Square di mataku saat ini." Kuletakkan telapak tanganku di atas tangannya.

9

KEKUATAN ROHANI

Masih di Times Square, masih terbawa dengan cerita Mbak Isa, aku dekap dia begitu erat. Tiba-tiba ia bangkit dan mengeluarkan sesuatu dari saku baju putihnya. Di tengah-tengah ratusan turis asing dan beberapa New Yorker, ia berdiri di depanku memberikan secarik kertas.

"Ini hadiah untukmu." Ia pun membacakan sajak "Hampa" Chairil Anwar.

kepada sri

Sepi di luar. Sepi menekan mendesak.
Lurus kaku pohonan. Tak bergerak
Sampai ke puncak. Sepi memagut,
Tak satu kuasa melepas-renggut
Segala menanti. Menanti. Menanti.

Sepi.
Tambah ini menanti jadi mencekik

Memberat-mencekung punda
Sampai binasa segala. Belum apa-apa
Udara bertuba. Setan bertempik
Ini sepi terus ada. Dan menanti.

Aku terpana. Kesunyian dan keindahan puisi Chairil Anwar membelai jiwaku yang paling dalam. Times Square terasa sepi.

"Kertas ini untukmu," katanya.

Tiba-tiba aku terkenang kakak keduaku yang menyukai puisi dan sastra.

Kakakku yang kedua adalah sebuah benteng. Ada beberapa saat ketika kami harus diam, tak bisa maju ke depan, kakakku ini yang berani maju berperang dan menjadi pelindung kami. Dialah yang mengambil inisiatif dan berteriak paling lantang. Ia seorang perempuan dan ia begitu kuat.

Ia bernama Rohani, lahir 16 Agustus 1972 di Batu juga. Mbak Inan, begitu kami memanggilnya, adalah anak bangsa yang tegas, tangguh, dan kuat. Ketika anak-anak lain merengek waktu akan berangkat sekolah, ia selalu siap dengan cerianya, dengan bedak yang tidak rata di mukanya. Ketika anak-anak lain malu-malu maju ke depan kelas untuk menyanyi, kakakku yang jago baca puisi ini mengacungkan tangan, ingin tampil ke depan. Kami tidak tahu dari mana keberanian itu lahir. Keberaniannya telah melahirkan rasa kepercayaan diri pada adik-adiknya, rasa percaya diri yang kadang tidak terlihat di DNA kami. Ia juga selalu membelaku ketika anak-anak kecil lain menantangku untuk bertengkar.

Mbak Inan yang terlihat lebih gemuk dibandingkan Mbak Isa, juga mempunyai prestasi yang gemilang semenjak SD sampai SMA. Tulisan tangannya tak seindah tulisan tangan kakak pertamaku, tapi aku selalu mengaguminya. Ia masuk SD Negeri Ngaglik 2 yang lebih dekat dengan rumah dan sering mewakili sekolah untuk mengikuti kegiatan porseni SD. Mulai dari cerdas cermat sampai lomba baca puisi. Iya, puisi. Kami sering bertanya-tanya, dari mana darah seni ini mengalir? Dialah yang mengajari kami seni baca puisi, bagaimana intonasi dan gaya penghayatan, bagaimana memasuki sebuah karya. Di sinilah kami tersentuh, menghargai keindahan lewat puisi. Di sinilah rasa sentimental merasuki darah kami. Keindahan berpuisi, keindahan menikmati sebuah karya.

Mbak Inan juga selalu mengajarkan untuk menjaga kebersihan. Apa lagi yang bisa kami lakukan untuk membuat rumah lebih nyaman selain menjaga kebersihannya? Mbak Inan selalu bangun lebih pagi, menyapu halaman, menyirami tanaman, menyapu lantai rumah, dan mengepelnya. Semua ia lakukan demi kami, demi "rumah". Sering kali, ketika aku bangun, melihat semuanya sudah tertata rapi dan bersih. Dialah yang membagi tugas untuk adik-adiknya: siapa, kapan, dan bagaimana membersihkan rumah. Dia juga menciptakan teknik sendiri untuk mengepel lantai semen rumah supaya kelihatan lebih mengilap. Karena banyak kaki-kaki kecil yang berlalu-lalang di rumah kecil ini, kami menyapu dan mengepel sedikitnya tiga kali sehari.

Mbak Inan adalah pekerja keras. Hatinya selalu terketuk untuk melakukan sesuatu ketika mendung bergantung di atap rumah kami, ketika mobil angkot rusak, ketika kami telat membayar uang sekolah, atau ketika harus membeli buku-buku baru. Sejak SD dia sudah bisa berdagang kue-kue kecil dan ketika memasuki SMP, sepulang sekolah, dia bekerja di salah satu kios tetangga kami di pasar sayur Batu. Selama puasa Ramadan, kakakku ini membuka warung darurat di pojok rumah kami. Dia berjualan makanan, dari kolak pisang sampai rujak buah. Dia berbuka puasa setelah warung daruratnya sepi. Dia selalu berjuang dengan tangan kecilnya. Kegigihannya menjadi inspirasi kami.

Bahkan untuk mendorong mobil angkot Bapak yang sering rewel di pagi hari, kami selalu mengandalkan Mbak Inan yang kelihatan lebih besar daripada kami semua. Selain membantu mencuci baju, ia juga dengan rajin menggotong air, dan mengisi bak mandi dari rumah tetangga yang jaraknya puluhan meter. Dengan tangan kecilnya, ia bolak-balik menggotong air, karena kami tidak memiliki air leding atau air sumur di rumah.

Setelah lulus dari SMPN 1, Mbak Inan yang juga rajin mengaji ini melanjutkan sekolah di SMAN 1 Batu. Di samping bisa mempertahankan prestasi akademisnya, Mbak Inan juga aktif di OSIS dan mengikuti kegiatan teater. Sebagai adiknya, aku mengikuti jejak dia. Aku juga aktif di teater setelah memasuki SMA. Di teater ini kami mulai melihat pemandangan yang lebih luas daripada pemandangan dari jendela rumah kami. Di Teater Pandu ini kami lepas, berteriak, dan dengan malu-malu aku mulai berani bermimpi. Mungkin kakakku juga.

Selepas SMA, Mbak Inan berhasil lolos UMPTN dan masuk Jurusan Perikanan di Universitas Brawijaya. Dia sebelumnya ingin memilih Jurusan Kedokteran, tetapi atas pertimbangan biaya kemudian memutuskan untuk memilih Perikanan. Selama kuliah itu, aku menyaksikan betapa berat perjuangan orangtuaku untuk membayar uang kuliah, memberi uang transpor Batu-Malang, membeli buku-buku dan segala perlengkapan kuliah. Aku melihat kekuatan, ketegaran, keberanian, dan keprihatinan yang dalam dari Mbak Inan. Dia pernah mencoba kos selama setahun di dekat kampus. Ketika aku pergi mengunjunginya bersama Ibu, hatiku bergemuruh melihat kamar tidurnya, melihat ranjangnya yang berseprai kain batik dari Mak Gini. Aku melihat keringat Bapak, aku melihat keringat Ibu, aku melihat keringat Mbak Inan, menetes bersama-sama di sana.

Selama masa kuliah, Mbak Inan aktif mengikuti lomba debat P4. Dimulai dengan kemenangannya di kampus, kakakku dan timnya berhasil menjadi pemenang di tingkat nasional. Prestasi ini tak hanya menjadi kebanggaan kami, tapi juga membantu untuk membayar kuliahnya. Berkat kemenangan di tingkat nasional itu, Mbak Inan berhasil mengikuti program pertukaran kebudayaan di Jepang selama sebulan. Ini seperti mimpi buat kami, kebahagiaan yang luar biasa. Kami serasa pergi bersama-sama ke Jepang.

Sepulang dari Jepang, Mbak Inan membawa beberapa suvenir dan sebuah CD *player* merek terkenal. Kami seperti bermimpi! Itu benda elektronik tercanggih yang kami miliki, yang mengunjungi rumah kecil kami. CD pertama yang kami beli adalah Kenny G. CD ini diputar di pernikahan Mbak Inan dan pernikahan adikku. Dengan sisa uang saku dari Jepang, Mbak Inan membeli keramik untuk mengganti lantai semen di ruang tamu rumah kami. Ia tidak membeli baju baru, mainan baru, atau buku cerita, tapi keramik untuk rumah kami. Hatinya menempel di lantai rumah ini, melekat begitu kuat. Ia seakan lupa, ia mempunyai masa muda.

Mbak Inan sekarang menjadi staf pengajar di salah satu

universitas swasta di Malang dan staf KPU di Batu. Ia menikah dengan Mas Hari Nugroho dan mempunyai dua permata hati, Alya dan Ari. Mereka juga mempunyai rumah di Gang Buntu, beberapa meter dari rumah kami. Rumah mereka mungkin dua kali lebih besar daripada rumah mungil kami.

"*OK, you look a little sleepy now,*" kuelus rambutnya. "*Let's go home now.*"

Tengah malam telah hadir di antara gemerlap Kota New York dan cerita tentang kedua kakakku tadi. Kupeluk erat bocah kecil itu sebelum aku memasuki 42nd Subway Station.

Hening.

10

TEMAN SETIA

Membuka kenangan lama yang terhampar di belakang memberikan makna baru dalam hidup. Memberikan apresiasi baru terhadap keberhasilan ataupun kegagalan saat ini. Kita selalu bisa kembali ke masa lalu. Kenangan itu, betapapun pahitnya, selalu bisa dikenang dan ditempatkan kembali di ruang yang tepat di hati kita. Dan, biarlah memori beristirahat di sana. Biarlah kita kunjungi suatu saat.

Sudah beberapa hari aku tak melihat bocah berbaju merah putih itu. Pelukan terakhirnya di 42nd Subway Station masih terasa hangat di tubuhku. Suaranya masih terngiang-ngiang di telingaku dan puisi "Hampa" yang ia bacakan sering menghantui malam-malam kesendirianku. Ada kerinduan yang dalam, ada sedikit kedamaian yang hilang, tanpa kunjungannya. Akhirnya, kutuliskan saja sebuah cerita tentang adikku, untuknya.

Di hatiku, ada tempat khusus untuk adikku ini, Rini Agustina yang lahir 8 Agustus 1976. Ia sahabat yang selalu aku bawa ke mana pun aku pergi. Ketika matanya berbinar, mataku bersinar. Ketika hatinya jatuh, kuberikan hatiku.

Rini adalah refleksi diriku. Aku melihat dia di diriku dan begitu pula sebaliknya.

Pada masa kecil, kami berdua tidak memiliki mainan, boneka, ataupun buku-buku cerita. Kami menciptakan dunia kami. Bermain-main tanah di belakang rumah, belajar masak-memasak, jual-beli dengan daun, ataupun mencuri jambu di rumah tetangga. Tak ada Barbie ataupun Ben 10.

Rini menjadi adik kelasku di SD Ngaglik I dan terlihat ia lebih menyukai ilmu keterampilan, seperti menyulam, membuat boneka gajah dari kapas, atau membuat durian dari bola plastik. Tangan kecilnya begitu terampil. Prestasinya hanya rata-rata tetapi ia selalu berhasil masuk sekolah negeri. Pada saat itu sekolah swasta bukanlah pilihan buat kami. Rini berhasil masuk SMPN 2 dan kemudian meneruskan ke SMA Negeri 1 Batu. Di SMA ini adikku juga mengikuti kegiatan teater dan berkenalan dengan "mimpi", mulai membangun keberaniannya untuk lepas.

Kami semua butuh tempat lapang untuk bernapas, menikmati kesendirian, dan menemukan kembali ruang yang hilang. Di Teater Pandu kami melihat ribuan bintang malam di atas Coban Rondo. Kami berteriak, menangis, dan melepas kepedihan bersama kabut malam di pinggir Kota Pujon. Rini, teman setiaku, menjadi lebih kuat.

Setelah lulus SMA, setelah melihat kesuksesan dari adik ibuku sebagai bidan desa, Rini mengikuti tes di akademi keperawatan di Malang. Sayang sekali, dengan persaingan yang begitu ketat, adikku tidak lolos masuk akademi ini. Ia akhirnya mengambil sekolah perhotelan D1 di Malang. Setelah lulus, ia bekerja sebagai resepsionis di salah satu hotel kecil di Batu dengan gaji di bawah upah minimum buruh, tanpa ada jatah libur khusus, tanpa asuransi kesehatan. Di tempat inilah adikku bertemu dengan calon suaminya dan bisa bertahan kerja selama hampir dua tahun. Ia akhirnya harus keluar karena tidak kuat lagi dengan *shift* malam di sana. Rini pekerja yang rajin dan terampil. Ia kemudian mencari-cari peluang kerja di Batu, sampai akhirnya…

Ia memutuskan untuk bekerja membantu Mbak Mami, adik ibuku yang menjadi bidan desa. Ia membantu semuanya, mulai di tempat persalinan sampai di dapur. Rini yang berkulit lebih putih dari kami semua dan rambut hitam yang tebal, dengan ketekunannya, dengan kebesaran hatinya, melalui hari-hari bersama alat-alat dapur, buku-buku pasien, sapu, dan kain pel. Ia selalu bangun pagi, naik angkot oranye ke Desa Junggo tempat Mbak Mami berpraktik, menghabiskan siang di sana dan kembali pada malam hari dengan angkot oranye. Ketekunannya, ketegarannya untuk mencari uang, melelehkan hati kami semua. Keringatnya menetes di atas atap rumah mungilku.

Akhirnya, berkat dorongan Ibu dan Mbak Mami, Rini mencoba sesuatu yang baru. Ia menjadi guru kontrak di salah satu sekolah negeri di Junggo yang saat itu sedang membutuhkan tambahan guru. Adikku, dengan tangan terampilnya dan kecintaannya kepada anak-anak kecil, mulai menggenggam sedikit harapan. Ia mulai melihat dunia. Ia mulai "terbebas". Dengan kondisi keuangan rumah yang mulai menerang, Rini kembali ke bangku kuliah bersama-sama dengan Mbak Isa, ke PGSD, sekolah untuk guru SD. Mendengar adik dan kakak kembali ke bangku kuliah adalah momen yang luar biasa, momen yang membuatku merasa terbebas. Setelah lulus kuliah, Rini mengikuti tes calon pegawai negeri dan lolos! Momen yang sangat membahagiakan ini membuat kami menangis.

Adikku yang menikah dengan Agus ini telah dikaruniai satu putra, Ridho. Mereka memiliki rumah di Gang Buntu juga, hanya berjarak dua rumah dari rumah mungil kami. Rumah kecilnya, seperti rumah kecil kami tapi memiliki halaman yang lebih luas.

Itulah adik tercintaku, Rini. Semoga kau mengenalnya lebih dekat sekarang.

Dua hari aku menuliskan cerita ini dan tak tahu harus kukirim ke mana. Aku belum bertemu juga dengan bocah itu. Mungkin ia telah hadir di sampingku, begitu dekat, tanpa aku mengetahui kehadirannya. Mungkin saja napasnya telah menyatu dengan napasku.

Who knows.

11

YANG TERINDAH

Kadang, di tengah kesendirian di studio apartemenku di 111 Sullivan Street, aku baca lagi puisi "Hampa" di atas secarik kertas yang ia berikan untukku.

Sepi.
Tambah ini menanti jadi mencekik
Memberat-mencekung punda
Sampai binasa segala. Belum apa-apa
Udara bertuba. Setan bertempik
Ini sepi terus ada. Dan menanti.

Bocah itu masih tak kunjung muncul juga! Andai saja ia masih di sini, aku akan membacakan sebuah puisi Chairil Anwar juga untuknya, puisi yang selalu segar dalam memori, "Aku":

Kalau sampai waktuku
'Ku mau tak seorang kan merayu
Tidak juga kau

Tak perlu sedu sedan itu

Aku ini binatang jalang
Dari kumpulannya terbuang

Biar peluru menembus kulitku
Aku tetap meradang menerjang

Luka dan bisa kubawa berlari
Berlari
Hingga hilang pedih peri

Dan aku akan lebih tidak perduli
Aku mau hidup seribu tahun lagi

Aku merasakan hangat tubuhnya memasuki tubuhku, dan penaku bergulir, menuliskan sebuah cerita lagi untuknya. Entah, kapan kubacakan untuk dirinya.

My dear friend, my love,

I miss you, dan semoga tulisan ini bisa memanggilmu, karena aku tahu, kau tak akan pernah jauh dariku. Ini tulisan terakhir tentang saudara-saudaraku, tentang seseorang yang hatinya putih, adik bungsuku Mira.

Pada masa kecilku, aku tak pernah berkeinginan untuk pergi ke New York. Aku tak pernah bermimpi tentang Paris atau makan malam di Venesia. Mimpi itu terlalu jauh, mimpi itu di atas mimpi. Aku tak pernah membayangkan betapa megah, betapa cantik, betapa menakjubkan kota-kota dan budaya di Amerika, Eropa, ataupun belahan bumi yang lain. Mimpi itu terlalu jauh, mimpi itu terbentur atap rumah kami.

Di rumah ini, mimpi kami adalah membangun rumah kecil kami. Rumah yang warnanya bertambah dengan kehadiran adik tercinta kami, Mira Fatmawati.

Kehadiran Mira, 10 Mei 1981, adalah sebuah kado, sebuah boneka untuk kami. Tubuh kecilnya, kulit cokelatnya yang sedikit gelap, dan wajahnya yang manis memberikan kesegaran pada rumah ini. Ia yang tak bisa bernyanyi (selalu fals), adalah cermin keluguan, kesederhanaan, dan kelembutan hati. Aku melihat ibuku dalam jiwanya. Ia begitu putih.

Mira, hatinya begitu lunak. Ia mudah tersentuh. Di tengah kesedihan dan kebahagiaan, airmata adalah bahasanya. Mira adalah kejujuran yang tak pernah retak. Tapi ia menggenggam masa lalu begitu kuat dan kadang ia retak karenanya.

Tumbuh bersama Mira seperti meluangkan malam yang sepi, malam yang penuh bintang, malam yang tenang. Semenjak kecil, Mira tidak pernah meminta apa pun kepada orangtua kami. Ia hanya menerima. Ia mengerti benar yang kami lalui. Ia mengerti ketidakmampuan kami. Ia begitu mengerti. Mira hatinya putih, gampang teriris.

Seperti saudara-saudara yang lain, Mira juga memasuki sekolah-sekolah negeri, dari SD Ngaglik I, SMPN I, dan SMAN I Batu. Memasuki sekolah negeri adalah prestasi tersendiri karena sedikit sekali sekolah negeri di Batu saat itu. Semasa SMA ini, Mira juga mengikuti kegiatan teater, tempat ia menguji kerapuhan jiwanya di bawah bintang-bintang di bawah air terjun Coban Rondo. Ia menjerit, berteriak, bernyanyi, bermain drama dan bermeditasi.

Denok, begitu kami sekeluarga kadang memanggilnya, adalah cermin sebuah keluguan dan ia pecah menjadi tangis dengan mudahnya. Prestasi Mira di SD dan SMP selalu di atas rata-rata dan memperlihatkan prestasi yang menonjol ketika ia memasuki bangku SMA. Dengan pretasi ini, ia berhasil lolos PMDK dan masuk jurusan Kedokteran Hewan di IPB. Di sinilah ia memulai babak baru dalam hidupnya. Di sinilah ia mengenal dunia.

Aku adalah anak pertama yang merantau jauh setelah lulus SMA. Kedekatan dan kehangatan di rumah kecil kami adalah rintangan terbesar untuk melangkah keluar rumah. Kami merasa terikat meskipun penuh kekurangan. Ketika adikku berangkat ke Bogor untuk kuliah, aku bisa benar-benar merasakan bagaimana ia harus meluangkan masa-masa sendirinya. Tanpa masakan Ibu tercinta, menghitung hari demi hari menunggu liburan untuk kembali pulang ke Batu. Mira, dengan ketegarannya, merantau juga, belajar dan lulus dari IPB setelah lima tahun kemudian.

Selama lima tahun, Mira tak hanya belajar kedokteran hewan. Ia melihat dunia luar dari jendela baru. Ia mengumpulkan pecahan-pecahan kerapuhannya dan bangkit. Ia melihat kehidupan. Ia melihat Jakarta dan mulai membangun mimpinya.

Setelah lulus dari IPB, Mira bekerja di dinas peternakan di Bogor. Dengan seragam berwarna cokelat, dengan mesin tik di atas meja kerja, dan ritme kerja yang sangat lamban, akhirnya Mira keluar. Pilihan ini bukanlah pilihan yang mudah, karena orangtua kami selalu menginginkan anak-anaknya menjadi pegawai negeri supaya "aman" dan Mira juga tidak mempunyai keberanian untuk mencoba sesuatu yang baru. Di tempat kerja ini pulalah Mira pernah terkena penyakit antraks. Ketika ia harus ke rumah sakit, dinas peternakan tidak menyediakan asuransi kesehatan. Mira, dengan dorongan dariku, memutuskan untuk keluar dan mencari peluang kerja yang lain. Ia "terbebas" dengan keberaniannya yang kecil untuk menerima tantangan hidup yang baru.

Mira adalah pribadi yang hangat. Di masa kuliahnya, ia mengenal Bu Tata, wanita yang berpandangan luas, yang menjadi inspirasi adikku. Bu Tata yang berlatar pendidikan luar negeri, dengan pengalaman yang luar biasa dan buah pikiran yang diperhitungkan tak hanya di dalam negeri, menjadi jendela baru buat adikku. Setelah bekerja dengan Bu Tata untuk beberapa proyek, Mira tak hanya mulai bermain-main dengan internet dan bahasa Inggris, ia juga mulai mengenal etika kerja profesional. Berkat Bu Tata pula Mira bisa bekerja di Komisi Flu Burung Indonesia Jakarta. Di sinilah kiprah pertamanya di Jakarta, di sinilah ia menghirup udara kerja profesional, memperluas jaringan, dan melihat Jakarta dari dekat. Mira yang selalu rendah diri dan tak jarang minder ini bertemu dengan orang-orang "besar" di kota ini. Di sini ia bekerja dengan Bapak Bayu Khrisnamukti, seseorang yang menjadi salah satu inspirasi adikku. Mira berkelana di Jakarta dan hatinya tak terpolusi oleh udara Jakarta. Ia masih seputih yang dulu. Ia masih menyimpan cinta dan kejujuran yang luar biasa.

Mira yang telah menikah dengan Kendik, teman SMA-nya dulu, tinggal di rumah kecilnya di Tangerang. Pasangan ini dikarunia seorang putri bernama Ayu Medina. Ayu satu-satunya cucu orangtua kami yang tidak tinggal di Batu. Ia begitu jauh, begitu dekat dengan kami.

Itulah, adikku tersayang Mira. *Please*, *please* kunjungi aku segera.

I miss you everyday,
Your brother

“Is there suffering on this new earth?
On our earth we can **truly love**
only with suffering and through suffering!
We know not how to love otherwise. We know no other love. I want **suffering** in order to love.”

Dostoevsky's
The Dream of a Ridiculous Man

12

KELAHIRAN SEORANG LELAKI

Pada Sabtu sore yang indah di musim gugur itu, setelah mengikuti yoga jam 4 sore, aku menyempatkan membaca *Crime and Punishment* Dostoevsky di Think Coffee, University Place. Membaca adalah kegemaran baru setelah aku bertemu dengan dua sahabat yang memperkenalkan keindahan literatur: Roby Muhamad dan Tika Sukarna. Dimulai dengan membelikan *The Catcher in the Rye*-nya J.D. Salinger di Virgin Megastore Union Square, mereka kemudian memperkenalkan karya-karya Fyodor Dostoesvky dan Orhan Pamuk. Roby dan Tika yang saat itu sedang menyelesaikan program PhD telah membukakan jendela baru. Aku menemukan keindahan yang dalam di antara buku-buku sastra itu.

Setelah membaca lembar demi lembar salah satu novel favoritku itu, iPhone-ku berdering. Nomornya tak muncul di *screen*.

"*Hello! This is Iwan*," aku menjawab.

"Ini aku, sahabat kecilmu. Ingat baju merah putihku?"

"*Oh my God! Of course. I have been waiting for you!* Ke mana aja?" Aku berdiri, keluar kafe.

"Aku tak pernah jauh darimu, aku di sekitarmu. Aku hanya tak ingin mengganggu waktumu."

"*Oh no, not at all. I miss you. I am happy whenever you're around.*" Aku begitu bahagia mendengar suaranya kembali. "Aku ada beberapa cerita untukmu, tentang kakak dan adikku."

"*I'll be around, brother. I'll be around. Please take care.*" Suara kecilnya menyejukkan dan menutup telepon tanpa sebuah "*good-bye*".

Suaranya memberikan semangat baru. Aku kembali ke dalam kedai kopi yang banyak didatangi mahasiswa New York University ini. Kututup *Crime and Punishment* dan mulai menulis sebuah cerita lagi untuknya.

Dearest brother,

Senang sekali dengar suaramu lewat telepon. Kali ini izinkan aku menuliskan kisahku, yang mungkin tak asing lagi untukmu. Semoga, dengan tulisan ini, kau akan mengenalku lebih jauh, semoga kau akan datang menjengukku lagi. Begini ceritaku.

Setiap aku menginjakkan kaki di jalanan di New York

City, aku masih belum percaya bahwa aku benar-benar menelusuri salah satu kota metropolis yang paling gemerlap, paling megah, paling kuat di dunia. Setiap aku mengangkat telepon, berbincang dengan ibuku, kami masih belum percaya akan perjalanan jauh yang "mengangkat" kami semua ini. New York City bukan impian masa kecilku, bukan keinginan gilaku. New York City bukan keinginan yang muncul dari mimpi dan dari rumah mungilku. New York City adalah buah kerja keras, keprihatinan, dan kejujuran. New York City adalah buah "kehangatan" rumah kecil kami. Dan, dari jalanan di New York City ini, aku berani menelusuri masa kecilku kembali.

Kelahiranku adalah kebahagiaan yang dalam buat orangtuaku, terutama Bapak. Ia telah menginginkan seorang anak laki-laki begitu lama. Ibuku sendiri mengalami keguguran setelah memiliki dua anak perempuan. Kelahiranku adalah setitik harapan, seorang anak laki-laki, yang kelak bisa membantu nafkah keluarga. Dan buatku, harapan yang tak pernah terucap oleh kata-kata ini adalah sebuah tantangan, sebuah ketakutan juga. Aku tidak melihat kesempatan besar di sekitarku. Semua saudara laki-laki ibuku menjadi sopir, bapakku seorang sopir, banyak sekali tetanggaku yang menjadi sopir, buruh pabrik, pedagang di pasar sayur. Hanya sedikit yang menjadi polisi atau pegawai negeri. Bagaimana aku akan membantu menafkahi keluargaku nantinya? Pernah, seorang tetanggaku bertanya apa cita-citaku, dan aku menjawab *ingin jadi hansip*. Tertawalah orang-orang di sekitarku. Aku pikir hansip adalah militer juga. Aku tak ingin menjadi presiden saat itu karena semua anak kecil lainnya bercita-cita menjadi presiden, wakil presiden, atau menteri, hanya karena tidak ada inspirasi di sekitar mereka! Inspirasi di sekitarku begitu kecil tapi begitu dekat, seakan-akan aku akan terlahir menjadi mereka, menjadi sopir.

Aku adalah anak rumahan, banyak meluangkan waktu kecilku di rumah bersama Ibu, menunggunya atau kadang membantunya memasak, bermain di ruang tamu bersama kakak-adikku, atau hanya memperhatikan kakakku "bermain" dengan buku-bukunya. Aku baru keluar rumah saat kakak-kakakku mulai bermain dengan teman-temannya di luar atau Bapak menyuruhku keluar dari dapur. Aku anak rumahan tanpa sepotong mainan. Kedekatanku dengan Ibu, kehangatan saudara-saudaraku, mengikat diriku di rumah ini. Aku bahkan tak bisa bisa ditinggalkan Ibu selama duduk di bangku TK. Harus ditemani Ibu tiap hari selama dua tahun. Aku penakut. Aku takut dunia luar. Ketika anak-anak lain berlarian dan bermain, aku menyendiri. Entah kenapa. Aku mulai membaca dunia dan aku tak ingin di dalamnya.Aku merasa, aku berbeda.

Memasuki SD, aku mulai mempunyai keberanian untuk duduk di bangku sekolah tanpa Ibu menemaniku. Aku bisa lebih menikmati waktuku karena aku bisa "bermain-main" dengan pelajaran sekolah, mainanku. Aku malas berlarian, bermain dengan anak-anak lain. Aku merasa tak harus berteman dengan mereka, aku berteman hanya dengan buku-bukuku. Aku mulai ingin membaca, aku ingin menulis, seperti kakak-kakakku. I-ni Bu-di, I-ni ba-pak Bu-di. Dan, ketika musim penerimaan rapor, kami terkejut, aku masuk ranking tiga besar. Aku bingung, aku begitu bangga. Aku semakin mencintai buku-buku pelajaranku.

Dengan kebanggaan ini, aku terpacu untuk terus belajar. Sepulang sekolah, aku mengerjakan PR dengan rutin, makan siang, kemudian baru tidur siang. Sama seperti yang dilakukan kakak-kakakku, pembuka jalanku. Ritual ini kami lakukan dengan kebebasan yang diberikan orangtua kami. Mereka tak pernah menentukan kapan kami harus belajar, kapan harus mengerjakan PR. Kami melakukannya karena kehausan kami akan memiliki sesuatu.

Selain prestasi akademik, aku juga mempunyai bakat terpendam. Sesuatu yang aku sendiri tahu ketika seorang guru kesenian menyuruhku menyanyi di depan kelas. Ia menilai suaraku bagus. Bu Sun, guru kesenianku itu kemudian sering melatihku bernyanyi dan mengirimkan aku mewakili SD-ku di beberapa kompetisi menyanyi. Aku pernah menang lomba nyanyi solo di tingkat Kecamatan Batu. Aku juga aktif di grup paduan suara yang sering menang di beberapa kompetisi tingkat kabupaten. Salah satu teman bernyanyi yang dilatih oleh Bu Sun saat itu adalah Krisdayanti, teman sekelasku yang sekarang menjadi salah satu penyanyi terkenal di Indonesia. Bu Sun pulalah yang menemukan Yuni Shara, kakak Krisdayanti. Ia juga menemukan aku, ia menemukan aku, lamunku.

Selain kegiatan bernyanyi, aku juga pernah mewakili SD untuk lomba puisi dengan prestasi yang membanggakan. Sementara di bidang akademik, aku pun berhasil mempertahankan prestasi gemilang. Aku selalu berada di ranking tiga besar dari kelas 1 sampai kelas 6 dan pernah mengikuti lomba Cerdas Cermat di TVRI Surabaya. Saingan terbesarku selama di SD saat itu adalah Nanda, anak seorang dokter (satu-satunya anak dokter di kelas, mungkin juga di sekolahku) dan Diah, anak seorang guru. Prestasiku membuat aku sejajar dengan mereka.

Selama di SD aku belum punya tempat tidur sendiri. Aku berpindah-pindah dari kamar orangtuaku, kamar kakakku, kamar saudara nenekku, bersama kakekku, bersama karpet cokelatku di ruang tamu.

Demikian sedikit cerita masa kecilku, *dear love*.

Hope you are well!

With all my heart,
Your brother

13

LELAKI, SENDIRI

Sudah tiga bulan, semenjak pertemuan di Times Square, aku tak menjumpai bocah kecil berbaju merah putih itu. Di tengah kesibukan yang luar biasa di kantor, musim pun berganti, tak satu hari pun terlewati tanpa memikirkan bocah kecil ini.

Salju turun di sepanjang St. Mark, mengubah jalanan di East Village sore itu, menjadi sebuah panggung yang melankolis. Salju putih turun deras di antara gedung-gedung tua dan senja menutup hari dengan warna merah redup. Aku berjalan dengan sepatu Converse putihku yang mulai basah dan dingin, melewati beberapa anak muda bertato, rambut warna-warni, anting di hidung. Entah dari negara mana asal mereka, begitu beragam, begitu cantik, begitu tampan, begitu berbeda.

Setelah melalui beberapa restoran Jepang sepanjang 9th Street dan beberapa restoran India di 6th Street, aku sampai di Café Lan, restauran Vietnam yang menyajikan khusus makanan vegetarian. Sedikitnya tiga hari dalam seminggu aku ke kafé kecil yang dimiliki oleh pasangan pengungsi Vietnam yang datang ke Amerika empat tahun yang lalu dengan membawa dua anak. Sebelum pergi ke Amerika, mereka mengungsi di Filipina kurang-lebih selama 16 tahun. Mrs. Lan, pemilik kafe yang berusia 45 tahun, baru bisa reuni dengan orangtuanya setelah 20 tahun terpisah.

Hari Kamis sore itu, meja-meja di restoran masih kosong. Mungkin aku datang terlalu dini untuk makan malam. Setelah menyapa Mr. dan Mrs. Lan, aku duduk di "spot" spesialku di restoran ini. Sebuah meja di pojok restoran, dekat jendela yang menghadap 6th Street. Sambil melihat lalu-lalang anak-anak muda di jalan East Village, beberapa *yellow cab* yang meluncur di sela-sela hujan salju, dan Mr. Lan yang sibuk mengantarkan makanan untuk "*delivery*" dengan sepeda tuanya, tiba-tiba seorang anak lelaki yang sangat aku kenal muncul di balik jendela kaca. Kulambaikan tangan dan mengajak dia masuk, duduk satu meja denganku.

"Aku tahu, pasti Mas sibuk sekali beberapa hari ini," sapanya.

"*You know, I'm dying waiting for you. How are you?*" aku bersemangat menyambutnya.

"*I'm good, very good.* Aku baru saja makan malam. *Do you want to order first?*"

Aku pun memesan *pho*, sup khas Vietnam favoritku dan kali ini aku juga memesan *fried seitan* dengan sayur kangkung untuk dibawa pulang.

"*I have few stories written for you already*. Ntar aku kasih ya."

"Oh ya? *Thank you! Would you have a story while we're waiting for the food here?*" jawabnya.

Dan setelah berbicang singkat tentang musim dingin di New York, aku menceritakan masa-masa SMP-ku dulu.

Memasuki SMP, aku merasa semakin dekat dengan "tantangan" bahwa seorang laki-laki, apalagi anak laki-laki satu-satunya, harus bisa mandiri dan kelak bisa membantu nafkah keluarga. Memasuki dunia baru ini pula aku menyadari bahwa aku tidak bisa mengandalkan kegiatan fisik karena tubuhku yang lebih kecil dan pendek dibandingkan teman-teman seusiaku. Aku hampir selalu menjadi yang terkecil di kelas. Ada sedikit harapan di benakku, setelah dikhitan di kelas 2 SMP, hormon-hormon akan berubah dan aku akan bertambah tinggi. Ternyata, hanya suaraku yang berubah dan aku masih menjadi yang terkecil di kelas. Dengan keterbatasan itu pula, aku meyakinkan diri bahwa harus "bermain" serius dengan buku-bukuku, dengan otakku. Aku tak bisa melihat diriku melalui jalan yang ditempuh bapakku, jalanan yang mengubah warna kulit dan hatinya.

Masa SMP adalah masa ketika aku merasa semakin "kecil". Aku ingin menjadi besar. Di sini aku mulai melihat keragaman teman-temanku dari berbagai sudut Kota Batu, aku mulai melihat kompetisi yang baru, aku mulai melihat hidupku dari sisi yang berbeda, yang lebih dewasa. Mereka yang masuk SMP negeri ini adalah mereka yang kepintarannya di atas rata-rata, mereka yang sanggup membayar biaya sekolah yang tidak murah (untuk ukuran kami). Ada beberapa teman yang mempuyai latar belakang sama denganku, tapi bisa dihitung dengan jari. Di sini aku merasa "kecil", dan pada waktu yang sama, aku merasa api mulai memasuki tubuh kecilku. Aku mulai memegang api di tanganku dan baranya terasa panas.

Aku belajar dengan tekun, mungkin lebih daripada teman-temanku. Aku lebih sering bangun pagi sekali dan belajar lebih lama. Tak jarang aku bangun sekitar jam satu pagi, di bawah lampu redup dan di tengah ketakutan akan hantu-hantu yang sering diceritakan orang-orang tua di sekitarku. Aku melawan rasa kantuk dan rasa takut untuk belajar, untuk melawan rasa takut akan kegagalan. Aku memulai perjuangan untuk membebaskan rasa kecilku ini.

Aku merasakan "lepas" ketika selesai membaca buku pelajaran, ketika mendapatkan nilai terbaik, ketika bisa mengingat sesuatu yang aku pelajari. Buku adalah teman terdekatku dan aku selalu meminta yang terbaik, yang terlengkap. Ibuku, dengan sabar, dengan segala kemampuannya berusaha menyediakannya untukku. Dialah yang tahu barang apa yang bisa digadaikan untuk membeli buku-buku pelajaranku. Dialah yang tahu ke mana harus mencari utang untuk memberikan yang terbaik. Dari semua saudaraku, akulah yang paling "kejam" dalam meminta buku-buku ini. Api yang aku genggam membara, begitu besar.

Sering kali aku harus tinggal di rumah ketika teman-teman mengajak berenang di Pemandian Songgoriti atau Selecta. Demikian juga kakak-kakakku. Mereka harus lebih banyak tinggal di rumah ketika teman-teman mengajak nonton bioskop, makan-makan di luar atau pergi jalan-jalan ke Kota Malang. Kami juga sering tidak hadir di undangan pesta ulang tahun karena malu, tidak bisa membawa kado. Ketika banyak teman bermain sepeda di sekitar rumah, kami hanya bisa melihatnya atau meminjam sebentar, mencoba belajar naik sepeda. Kami tidak hanya bersedih melihat ini. Selain "berteman" dengan buku-buku pelajaran, aku dan saudara-saudaraku juga mulai menggunakan tangan-tangan kecil kami untuk membantu meringankan beban keluarga: untuk uang jajan sekolah, membeli alat-alat tulis, naik angkot, membeli cwie mie di Pasar Plastik atau ikut menonton bioskop bersama teman-teman sekolah.

Tetanggaku, pemilik industri kecil yang membuat boneka kayu dari tripleks, kebetulan sedang mencari tambahan tenaga untuk mengecat boneka produksinya. Bersama kakakku, sehabis pulang sekolah, aku mengecat boneka Mickey Mouse dan teman-temannya di ruang tamu tetanggaku. Mbak Isa biasanya lebih cepat dan lebih rapi daripada kami semua. Sementara, aku terlalu berhati-hati dan paling sedikit mengumpulkan hasil kerja.

Bu Mimi, tetanggaku yang masih melajang di usianya yang sudah hampir 50 tahun, seorang pedagang di pasar sayur Batu, mungkin tak tega melihat rumah kecil kami yang penuh sesak untuk tujuh orang. Ia menawari Rini untuk tidur di rumah besarnya yang berkamar tiga. Rini mengurusi rumah Bu Mimi, menyapu, mengepel lantai, atau mencuci piring. Ia mendapatkan 150 rupiah per hari untuk kerjanya, untuk tangan kecilnya. Bu Mimi juga menawariku untuk membantu berdagang di pasar sayur, seperti membuat teh panas, mengantar dan mengambil barang dari toko lain, atau ikut menjaga toko. Tak ada teman sekolah yang tahu aku bekerja di pasar sepulang sekolah. Aku selalu berusaha menghindar ketika melihat mereka di pasar. Pernah suatu hari, ketika aku membawa satu kerat Teh Botol kosong untuk diantar ke toko lain, Ibu melihatku. Hatinya retak melihat pemandangan itu. Ia pun menyuruhku pulang. Mbak Inan sendiri membantu tetangga yang lain berdagang makanan di pasar yang sama. Kegigihan tangan-tangan kecil ini untuk bersama-sama melewati mendung di atas atap, membuat kami tangguh. Keringat yang tercecer antara rumah dan pasar sayur, membuat garis hidup kami begitu indah.

Dengan segala ketekunan, aku lalui masa SMP dengan gemilang. Aku selalu berada di ranking teratas di sekolah. Prestasiku dan kakak-kakakku, menjadikan rumah mungil kami "terangkat".

Namun mimpiku, memiliki kamar sendiri, masih belum juga tergapai. Aku masih tidur di depan kamar Ibu, di ranjang bambu buatan Bapak.

"*How are you doing today? It's pretty cold outside*," sapa Mrs. Lan sambil menghidangkan makanan yang aku pesan.

"*I'm good*," jawabku dan langsung menyantap makanan vegetarian yang masih hangat itu.

14

PERAHU KECIL DAN SEORANG NAKHODA

"*It's really yummy! Perfect for winter! Are you sure you don't want to try?*" tawarku sambil menaruh kecambah dan daun kemangi di atas *pho* yang baunya sedap itu. Ia menggelengkan kepala.

Setelah meneguk air putih, ia meletakkan kedua tangan di dagunya, melihatku makan *pho*. Sesekali mata bulatnya menerawang ke jalanan di sepanjang 6th Street, melihat lalu lalang anak-anak East Village di tengah salju yang turun mulai sore tadi.

"*I am going to have a vietnamese coffee. Do you want to have one? It's really good!*" tawarku setelah menghabiskan *pho* sampai bersih.

"*You kidding? Coffee for a kid? No, thank you. Water is fine for me.*" Aku pun hanya memesan satu *vietnamese coffee* dan melanjutkan ceritaku.

SMAN I adalah satu-satunya SMA negeri tempat semua orangtua di Batu ingin menyekolahkan anak-anaknya. Sekolah unggulan lainnya berada di Kota Malang dan hanya tiga atau empat orang yang bisa melanjutkan ke sana karena biaya mahal atau pun seleksi masuk yang susah. Impianku saat itu adalah SMAN 3 Malang dan sayangnya, perahu kecilku harus melewatkannya karena kami tidak mempunyai cukup uang untuk biaya transportasi Batu-Malang. Aku juga mencoba SMA Militer Taruna Nusantara di Magelang yang baru dibuka dan sayangnya, aku tidak lolos juga. Mungkin karena tinggi badanku. Perahu kecilku akhirnya berdermaga di bawah Gunung Panderman. Aku memakai seragam putih-abu-abu di SMAN I Batu dan mulai mengenal diriku.

Gelombang laut mulai terasa di masa SMA ini dan perahu kecilku terus berlayar. Aku mulai banyak bertanya tentang hidup dan diriku. Aku terus mendayung dan di perjalanan ini aku bertemu dengan Mas Yani, seorang sahabat, seorang guru teater SMA. Mas Yani seorang nakhoda kuat yang membawa perahu besar untuk kami, Teater Pandu. Setiap hari Sabtu atau Minggu pagi, kami memakai baju hitam-hitam, bersatu dengan alam, merasakan angin menyentuh pori-pori kami. Kami bermeditasi dan melepaskan tubuh kami. Kami mendengar deru motor di kejauhan, mendengar kicau burung, mengikuti suaranya dan melepaskannya. Kami menutup mata, mencoba melihat dunia dengan mata batin.

Perjalanan teater adalah salah satu pengalaman yang telah mengubah hidupku untuk selamanya. Selain melatih teknik bermain teater, Mas Yani juga membuka jendela kami, melepas impian kami ke laut lepas. Ia memberikan inspirasi, bercerita tentang pengalamannya bersama Teguh Karya dan perjalanan teaternya dengan beberapa tokoh teater terkenal lainnya di Jakarta. Ia sering membacakan karya-karya teater dari luar negeri dan menceritakan pementasan teaternya di kota-kota besar di Indonesia. Ia membuka cakrawala kami, memperkuat tangan-tangan kecil kami untuk memegang dayung ini.

Ada beberapa pementasan yang ia produksi selama aku mengikuti kegiatan teater ini dan aku belajar banyak mengenai etos kerja di teater: kerja keras, disiplin, dan kesabaran. Tidak mudah bekerja dengan dia, karena ia selalu meminta kesempurnaan di tangannya. Semuanya, mulai dari *casting*, kostum, musik, panggung, *make-up*, sampai dengan tiket. Dia benar-benar menginginkan produksi teater yang indah, yang punya rasa, yang profesional, bukan sekadar teater SMA. Sering sekali kami berlatih dari siang hari sampai tengah malam, sampai beberapa celana hitam kami robek-robek. Pada malam-malam inilah, jiwa kami terbebas, membawa bintang-bintang ke tempat tidur kami.

Selain menjadi pemeran kecil di *Oedipus Rex*, aku juga pernah menjadi pemeran utama, sebagai Abu, dalam drama

Kapai-Kapai karya Arifin C. Noer. Karya ini berkisah tentang perjalanan kedewasaan Abu yang mencari cermin ajaibnya dan terjerat antara dunia nyata dan alam fantasi. Produksi yang memakan waktu berbulan-bulan ini adalah salah satu memori yang paling indah semasa di SMA. Selain kerja keras dan disiplin untuk menghasilkan sebuah karya yang indah, aku sangat menikmati hari-hariku bersama Mas Yani, bersama perahu besarnya.

Seperti kami yang selalu menutup latihan teater dengan berpegangan tangan, membentuk lingkaran, menutup mata dan berdoa, Mas Yani, tidak akan terlepas dari lingkaran ini. Ia selalu di hati. Setelah berteater, kami pulang ke rumah dengan kebesaran hati, kelegaan, "terlepas" dan "kaya".

Dalam beberapa kesempatan pulang dari Amerika, aku beberapa kali bertemu Mas Yani dan kami selalu berbincang mengenai teater, buku-buku, keluarga, masa depan, dan kolaborasi kami berdua kelak di sela-sela kenangan berteater belasan tahun yang lalu. Ia seorang nakhoda yang tambah gagah dengan inspirasi yang tak pernah padam. Hingga, berita duka yang aku terima di New York beberapa minggu sebelumnya: Mas Yani telah meninggalkan raganya.

"Begitulah, seorang Mas Yani. Perahu besarnya telah mengubah hidupku selamanya. Keberanian ini tak akan lahir tanpa keberanian yang ia lahirkan untukku."

Kini giliran aku yang menerawang, jauh ke Sanggar Singosari, di belakang sekolahku. Mengenang salah satu orang yang telah memberi banyak bekal dalam usiaku yang dini dulu. Ia telah menyelamatkan hidupku.

"*Thanks for the story.*" Ia mengentak keheninganku. "Mas Yani benar-benar inspirasi yang luar biasa. *Gosh!*"

Kami pun berpisah di persimpangan antara 6th Street dan 1st Avenue. Malam itu, musim dingin terasa lebih dingin, begitu melankolis.

15

AN ILL WIND THAT CARRIES ME*

It was my 7th winter.

Seperti gumpalan salju kecil yang jatuh mendinginkan hati, di tengah kesepian yang panjang, kesibukan kerja tak berjeda, kerinduan akan rumah kecilku yang dalam, dan hati yang mengering, seseorang datang tak terduga. Namanya, mari kita sebut saja Audrey. Ia bukan orang Indonesia. Ia dibesarkan di Connecticut dan bekerja di salah satu *accounting and consulting firm* ternama di dunia. Usianya tiga tahun lebih muda dariku tapi kariernya sudah matang. Audrey yang berambut pendek ini lebih tinggi dariku, apalagi jika ia mengenakan *high heel*-nya.

Pada Sabtu sore itu, seperti biasa aku mengikuti kelas yoga yang dipimpin guru favoritku, Rima. Hampir lima kali seminggu aku pergi ke kelasnya. Energi di kelasnya selalu luar biasa. Pesan *spiritual talk*-nya sederhana dan selalu membuka salah satu celah mata hati. Meditasi di akhir kelas

---

*Judul bab diambil dari puisi "Autumn Song" karya Paul Verlaine

memberikan istirahat yang dalam buat jiwaku. Kelasnya selalu penuh. Yoga *mat* berjajar, berimpitan di dalam studio yang bisa memuat kurang-lebih 65 orang itu. Kelas sore itu berjalan seperti biasa, hingga mataku menangkap kesejukan di mata Audrey. *Our eyes met and talked*. Perhatianku ke kelas yoga pecah, aku tak bisa lagi mengikuti kelas sepenuhnya. *Our eyes kept talking*.

"*It's a beautiful class, as always*," sapaku sambil menunggu lift di depan *receptionist area*. Setelah yoga, dunia selalu terlihat lebih segar. Ada polusi hidup yang terbuang. Ada energi baru yang memasuki jiwa.

"*Can't agree more! I love Rima*," katanya sambil membenahi *scarf* violetnya. "*Do you take her class often?*" lanjutnya. Lift terbuka, seperti hatiku saat itu. Kami pun berbincang beberapa menit di depan gedung 841 Broadway sebelum berpisah. Sudah beberapa bulan aku mengikuti kelas Rima dan baru sore itu aku bertemu dengannya. Mungkin ia mengikuti kelas Rima di jam yang berbeda, pikirku.

Semenjak pertemuan itu, aku selalu menunggu Sabtu sore. Aku ingin berbincang lagi dengannya, mungkin mengikuti kelas yoga di sebelah *mat*-nya. Pada Sabtu kedua, ia tak muncul di kelas. Ada yang hilang dalam kelas yogaku. Demikian pula Sabtu ketiga dan keempat. Sebulan berlalu, aku menunggu dan menunggu. Ia tak muncul juga.

Hingga pada akhir bulan. Tak ada yang menyangka jika sore menjelang malam itu, aku dipertemukan lagi dengan Audrey. Bukan di Jivamukti Yoga Studio, tapi di tempat yang tak terduga sama sekali, Barneys Departement Store. Setelah hampir dua jam *windows shopping* dari satu lantai ke lantai yang lain, aku memutuskan untuk pulang sebelum godaan datang dan aku harus belanja. Biasanya aku keluar lewat pintu samping yang lebih dekat dengan *subway station*, tapi malam itu aku ingin keluar lewat pintu utama. Beberapa meter sebelum keluar, aku berpapasan dengannya. *There you go*! pikirku. Kami berbincang sejenak. Ada binar kecil di matanya. Kuberikan kartu namaku dan keluar dari Barneys, masih tersenyum.

Keesokan harinya, Seninku seakan menjadi Jumat sore. Sebuah e-mail singkat dari Audrey datang di *inbox*-ku.

Namaste Iwan,

So absolutely fantastic to run into you yesterday at Barneys of all places! My spree continued with a pair of suede shoes - then the store sadly closed.

Always up for a yoga class. Drop me an e-mail or my cell is below.

Talk to you soon.

Audrey

Setelah saling bertukar beberapa e-mail siang itu, keesokan harinya, seperti tak mau menunda lagi, aku bertemu dengan Audrey seusai yoga. Kami berbincang selama berjam-jam tentang hidup, yoga, dan *spirituality* di Blue Ribbon, restoran Jepang favoritnya di West Village. Sangat mudah untuk terus menggulirkan bola perbincangan dengannya. *This is quite a connection*, pikirku. Mungkin kami berada di jalur pencarian hidup yang sama saat itu. Mulai yoga sampai dengan Barneys. (*Don't laugh*!)

"*Hey, what about going to Rima's class next Wednesday at 6:45pm?*" tawarku menutup makan malam.

Kelas Rima pada Rabu malam pun menjadi awal sebuah ritual. Aku biasanya mempersiapkan yoga *mat* untuknya, di sebelahku. "*You look so happy these days*," komentar teman-teman dekatku. Beberapa kelas yoga, makan *shushi* di Blue Ribbon atau Tomoe, melihat *indie movies* di Angelica, akhir pekan bersama di jalanan West Village atau SoHo, telah memberi warna cerah di hidupku. *One of the happiest time*. Hingga sebuah perbincangan terjadi pada bulan keempat.

"*I know it's not a problem for both of us to have different religion*," katanya di sepanjang perjalanan pulang dari kelas yoga. Ada kegelisahan yang dalam di wajahnya. "*My parents has been asking me*," lanjutnya.

"*I can totally understand them*," kataku singkat, tak mampu melanjutkan perbincangan.

And I'm going
On an ill wind
That carries me
Here and there,
Like a
Dead leaf

Dan aku berkelana
Bersama empasan angin
Yang membawaku
Ke sana kemari,
Seperti sebuah
Daun kering

Seminggu setelah perbincangan malam itu, sehelai daun hijau jatuh sebelum musim gugur. Kami tak lagi ke kelas yoga bersama. Meskipun masih ada kesedihan tersisa, aku masih berteman baik dengan Audrey. Dia menikah di musim gugur yang ke-9.

Love is never easy, here in New York City.

**Kutipan dari puisi "Autumn Song" karya Paul Verlaine diambil dari Wikipedia. Judul asli "Chanson d'automne", terbit 1866. Terjemahan bahasa Indonesia oleh Iwan Setyawan

16

MENJELANG SENJA

Di sepanjang perjalanan pulang, di tengah hiruk pikuk bar, di sela-sela salju yang masih turun di sepanjang East Village, kesunyian menyusupi, membentuk melankoli yang putih. Kenangan pun melayang pada masa SMA kembali.

Dan cerita ini biarlah kusimpan sendiri.

Memasuki SMA, aku mulai membuka diri. Dengan prestasi baikku di SMP, aku mulai percaya diri dan mencoba lebih dekat dengan teman-temanku. Aku ingin menyapa dan mengenal mereka. Meskipun banyak waktu aku merasa "sendiri" dan lebih menyukai kesendirian, aku mulai mempunyai beberapa teman dekat. Ada beberapa grup pertemanan yang terbentuk secara alami waktu itu, seperti mereka yang berasal dari daerah yang sama, mereka yang menyukai olahraga, mereka yang bandel dan suka berantem, grup cewek-cewek keren, grup anak-anak alim, bahkan anak-anak yang pendiam pun mempunyai grup sendiri. Aku kebetulan berada di kelompok anak-anak yang "baik-baik" dan berprestasi. Grup ini juga kebetulan mewakili grup anak-anak dari orangtua mampu, seperti pengusaha anggrek, petani apel yang sukses, petambak, guru, atau pedagang besar di pasar. Aku satu-satunya anak sopir angkot di grup ini. Aku sering sekali merasa "kecil" dan ingin menyendiri, tapi aku harus berlayar, aku tak bisa diam menyendiri. Di persahabatan inilah aku mendapatkan banyak inspirasi. Aku termotivasi dan ingin seperti mereka.

Di tengah teman-temanku ini, aku melihat rumah berlantai keramik, halaman yang luas, sepeda motor, mobil, *video player*, telepon, piano, atau tumpukan buku cerita. Mataku terbuka. Aku begitu mengerti kemampuan orangtuaku dan aku tak bisa menunggu keajaiban untuk mengubah ini. Aku harus bekerja, sekarang. Dengan reputasiku sebagai siswa berprestasi, aku menerima tawaran untuk memberikan les privat, seperti yang dilakukan kakakku. Aku mempunyai satu murid SD dan satu murid SMP dari salah satu sekolah Kristen terbaik di Kota Malang, dan mereka berasal dari keluarga pengusaha yang kaya di Batu. Mereka mempunyai rumah besar di Jalan Panglima Sudirman. Kamar-kamar di rumahnya begitu besar, mungkin lebih besar daripada keseluruhan rumahku. Aku disuguhi sebuah kemewahan. Aku terus membuka mata, mengaguminya, dan merasa sedikit "sakit".

Aku memberikan les privat di sore hari setelah aku membersihkan rumah dan mengerjakan PR. Dengan baju rapi sehabis mandi, aku naik angkot hijau ke "rumah besar" itu. Aku meninggalkan tidur siangku, meninggalkan acara belajar kelompok atau bermain bersama teman-teman sebaya di Gang Buntu. Kadang aku merasa mengantuk di tengah-tengah les ini karena kebiasaan tidur siangku. Ketika musim ujian tiba, sering kali aku harus tinggal sampai malam bersama-sama dengan muridku. Sementara aku juga harus mempersiapkan ujian untuk diriku pada malam harinya. Aku terus berlayar, aku terus berlayar, aku tidak bisa hanya diam menunggu keajaiban.

Aku memberikan les selama kurang-lebih setahun dan saat-saat menerima gaji bulanan adalah hari-hari terindah saat itu. Aku bisa membeli baju baru, buku baru, atau bisa berkumpul dengan teman-temanku menonton bioskop. Ketika les, aku tak hanya memberi pelajaran kepada murid-muridku, aku juga memberi motivasi belajar kepada mereka, menjadi teman dan mendengarkan cerita-cerita mereka. Tak jarang pula aku menceritakan "rumah kecilku" kepada mereka, memperkenalkan "perahu kecilku".

Kesibukan memberikan les privat ini tidak menurunkan prestasiku di SMA. Dengan kerja keras, aku selalu bertahan di ranking tiga besar dari kelas 1 sampai kelas 3 dan aku juga berhasil lolos mendapatkan PMDK di Institut Pertanian

Bogor Jurusan Statistika. Aku memilih IPB karena beberapa kakak kelasku berhasil menerobos IPB sebelumnya dan mereka mempunyai prestasi yang bagus di sana. Sedangkan, pemilihan jurusan ini adalah berkat dorongan kakakku, Mbak Inan. Ia melihat salah satu teman saudaranya, lulusan Statistika IPB berhasil belajar dan bekerja di Australia. Aku sendiri juga menyukai matematika.

Saat itu kami semua sangat senang karena anak laki satu-satunya berhasil lolos ke IPB, Jurusan Statistika! Pertama kali dalam sejarah panjang keluarga kami. Pada waktu yang sama kami semua prihatin dan khawatir tentang biaya hidup dan biaya kuliahku di Bogor. Kakakku Isa akan berjuang untuk memenuhi kebutuhan sehari-hariku di sana, sementara orangtuaku akan mengusahakan uang kuliah dan buku-buku, entah dengan cara apa. Aku sangat khawatir, tapi tak bisa berhenti membuang kesempatan ini. Ketika aku berangkat ke Bogor, orangtua murid les privatku memberikan pesangon yang luar biasa besar kepadaku. Mereka menyentuh perahu kecilku. Perahu kecil ini pun berlayar ke dermaga jauh untuk pertama kalinya.

Setelah berpindah tempat tidur dari karpet cokelatku ke ranjang bambu dan kursi empuk baru di ruang tamu, aku meninggalkan rumah kecilku. Aku masih belum memiliki kamar juga.

Salju turun semakin deras ketika langkah kakiku memasuki Broom Street, SoHo. Sepatu Converse putihku basah, tapi dingin tak terasa lagi. Kenangan SMA yang terurai sepanjang East Village begitu jelas dan salju ini membuat melankoli meledak bagai pelangi yang kehilangan satu warnanya.

Setiba di 111 Sullivan Street, memasuki apartemen yang sepi, aku tak merasa sendiri. Ada beberapa lembar kenangan yang terbawa di sepanjang East Village, masih bersamaku, malam ini.

17

NICOLAS AUCLAIR

"*Can you believe this? After all these years, my dear friend. It's almost like 19 years since we met!*" Suara Nico di iPhone seakan memecah kesunyian di sepanjang Sullivan Street. Bocah kecil berbaju merah putih duduk di sampingku, di depan gedung 111 Sullivan Street, mendengarkan perbincanganku dengan Nico di Canada.

"*Oh my Goooddd!! This can not be happening!! How are you doing?*" aku hampir teriak.

"*Sssttt...*" Bocah kecil ini memelototiku, sambil membawa tas kerjaku.

"*After 19 years, my dear friend! ...Gosh! I have been waiting for you!* Ke mana aja kamu?" Nico masih ingat sedikit bahasa Indonesia.

"*You know, since I reached NYC ten years ago, I thought about you right away*, Bule Gila! *I know, you mailed me a letter when I was in Bogor, but I was stupid enough not replying to your mail. Then, we lost contact, forever. I am glad, I am very happy, I finally found you. How are you?"*

Kenangan masa lalu bersama Nico begitu kuat, suaraku sedikit bergetar, jantungku berdegup kencang. Kami berdua telah menunggu bertahun-tahun untuk dipertemukan seperti ini. Ini seperti sebuah mimpi!

“ Bocah kecil ini dengan setia mendengarkan perbincangan kami selama kurang-lebih sejam. Di sela-sela perbincangan ini, aku genggam tangannya, aku tatap matanya. Kubisikkan, *I love you!*

"*What do you think about Nico*, Bule Gila ini?"

Ia hanya tersenyum, tak keluar kata-kata dari mulutnya. Senyumnya segalanya.

"Begini, Sayang, ini secuil cerita tentang Nico. Biar kau tahu lebih banyak siapa dia."

Di masa SMA dulu, kami pernah menerima seorang pelajar dari Kanada untuk program pertukaran pelajar. Ia adalah bule pertama yang menginjakkan kaki di sekolah di bawah Gunung Panderman. Nicolas Auclair berasal dari Montreal, Quebec, Canada dan Indonesia adalah negara pertama yang ia kunjungi untuk pertama kalinya, sendiri, di usianya yang baru 16 tahun. Anak muda berkulit putih yang terbiasa dengan kehidupan modern ini, dengan keberanian dan keingintahuannya tentang dunia yang lain, yang berbeda, memilih Indonesia. Ia menginginkan tempat yang jauh dari kota besar dan ingin melihat pohon apel ketika ia membuka jendela kamarnya.

Aku sangat terinspirasi oleh Nico yang telah melihat dunia lain di usianya yang masih belia. Ribuan kilometer memisahkan Kanada dan Indonesia, tapi ia bisa menerima perbedaan budaya dan gaya hidup yang sangat jauh berbeda. Nico yang biasanya menggunakan mesin cuci, harus menggunakan tangannya. *Shower* dan toilet duduk ditinggalkannya dan digantikan mandi dengan gayung dan kloset jongkok. Semua dijalaninya, termasuk mencoba semua makanan tradisional Indonesia. Pada saat itu aku belum menyadari bahwa dibutuhkan kemauan yang luar biasa untuk beradaptasi dengan budaya lain. Mataku masih buta, aku belum pernah melihat dunia lain. Aku hanya melihat Nico sebagai bule dan tidak tahu bagaimana gaya hidupnya di Kanada. Bagiku, Kota Malang sudah jauh sekali. Aku belum pernah menginjakkan kaki ke Surabaya ataupun Jakarta.

Aku selalu berusaha mendekati Nico untuk mengetahui dia lebih jauh. Aku ingin mengupas budaya, gaya hidupnya, dan mempraktikkan bahasa Inggrisku. Nico sosok yang hangat dan mudah didekati. Dan, karena tak banyak teman-teman yang berani berbincang dengan Nico, aku bisa akrab dengan dia. Aku banyak bertukar pikiran dengan Nico, jalan-jalan ke rumahnya atau mengundangnya ke rumah kecilku. Persahabatan singkat ini mendapat tempat tersendiri di hatiku. Nico, tanpa ia sadari, telah mengubah hidupku. Nico yang telah mendaki hampir semua gunung di Jawa ini adalah sebuah inspirasi, perahu layar besar dan cakrawala jauh yang ingin aku kunjungi dengan perahu layarku.

Setelah Nico meninggalkan Batu, kami kehilangan kontak. Nico berkelana mendaki beberapa gunung di Indonesia kemudian kembali ke Kanada. Saat itu, kami tidak mempunyai telepon rumah, kata "internet" belum pernah kami dengar. Aku sering berpikir tentang Nico dan ingin sekali mendapat kabar berita dari dia. Aku tak ingin persahabatan singkat itu berlalu begitu saja.

Setelah beberapa tahun terpisah, aku pindah ke Bogor untuk kuliah, dan suatu pagi ada surat untukku dari Kanada, dari Nico. Tiga lembar surat yang tertulis di kertas berwarna kuning kecokelatan itu aku simpan sampai sekarang dan entah kenapa aku tidak membalasnya saat itu. Nico yang mendapatkan alamatku di Bogor dari keluarga "angkatnya" di Batu pernah kembali ke Batu pada tahun 2001. Ia mengetuk pintu rumahku. Sayangnya, tak ada orang di rumah saat itu.

Perahuku terus berlayar, melalui beberapa pagi dan senja.

Ketika dayung kecilku berhasil membawa perjalanan ini jauh ke New York, aku masih sering terpikir teman bule pertamaku itu. Jarak kami semakin dekat sekarang. New York City dan Quebec bisa ditempuh kurang dari satu jam perjalanan dengan pesawat terbang. Sayangnya, aku masih belum punya alamat dia yang terbaru. Aku pernah menanyakan alamat Nico di keluarga angkatnya di Batu dan mereka pun kehilangan jejak. Sampai akhirnya, internet mempertemukan kami. Aku menemukan Nico di Facebook! Dia sengaja membuat *account* di Facebook khusus untuk mencari teman-teman Indonesianya.

"Akhirnya, seperti yang baru saja kausaksikan. Kami berbincang lewat telepon, sungguh tak percaya," kataku sambil menggandeng tangannya, mengajaknya masuk ke dalam apartemenku. "Tidur di sini malam ini, *OK*!"

"Terima kasih, *but you need to be alone. I need to go*," kata bocah kecil itu sebelum aku memasuki pintu apartemen. Kucium dahinya dan dia pun berjalan keluar. Hati-hati, Sayang, kataku dalam hati.

Catatan di bawah ini adalah lanjutan cerita yang belum sempat aku ceritakan kepada sahabat kecilku. Semoga ia membacanya saat ini.

Sebelum aku pulang ke Indonesia Juni 2010, Nico yang belum pernah ke New York, memutuskan untuk menemuiku.

Kami bertemu di musim semi, di salah satu danau kecil di Central Park. Dari sini kami mulai menelusuri kembali memori di Indonesia di sepanjang jalanan New York City. Di kesempatan inilah, aku mengucapkan terima kasih kepada Nico atas inspirasi dan pertemuan yang mengubah hidupku.

Pada banyak kesempatan, Nico yang mempunyai tato bendera merah putih di pergelangan tangannya sering terlihat berkaca-kaca, mengenang kembali Indonesia. Begitupun aku, ketika mendengar cerita pengalaman di Indonesia dan kerinduannya yang luar biasa. Dua hari kami menelusuri jalan-jalan di Manhattan dan aku berusaha menyuguhkan yang terbaik dari Manhattan untuk Nico, teman SMA-ku dulu yang mungkin tahu Indonesia lebih dari seorang Indonesia.

“When there is love,
you can live even without happiness.”

Dostoevsky's
Notes From Underground

18

KAMPUS HIJAU

"Mungkin saatnya aku harus pergi, mungkin kau tak perlu aku lagi," kata-katanya seakan membelah dadaku. Aku hanya diam memandang warna daun-daun musim gugur di Central Park, di senja ini.

"Mungkin kita tak bisa berpisah, mungkin kau harus di sini selamanya," aku sentuh rambut halusnya, aku dekap kepalanya di dadaku.

"Mungkin kau harus sendiri, aku tak bisa selamanya di sini," suaranya luruh.

"Aku tak bisa sendiri. Aku tak bisa. *I need you.*" Kukecup dahinya. Kurasakan hangat tubuhnya, seakan memasuki setiap pori-pori tubuhku.

Napasnya halus, tangannya memelukku. Kenanganku pun melayang, ketika aku harus pergi berpisah dengan keluarga tercintaku.

Setelah Bapak menjual mobil angkot untuk biaya kuliahku, beberapa sahabat SMA mengantar kepergianku ke Bogor pada Jumat pagi itu, di terminal bus Lorena Malang. Hanya Mbak Inan dari keluargaku yang mengantar saat itu. Dengan bawaan seadanya, aku dan dua temanku yang juga lolos PMDK di IPB tiba di Bogor keesokan harinya. Aku melewati Kota Jakarta untuk pertama kalinya, menembus hiruk pikuk pagi hari, kemacetan, tebaran debu, puluhan bus kota, ratusan penumpang yang berjejalan, pabrik-pabrik besi, dan wajah-wajah tanpa senyum di sekitar Terminal Pulo Gadung. Terbayang wajah Bapak yang kini harus menjadi sopir truk untuk mengangkut makanan ayam. Keringat Bapak, menetes di tanganku.

Bus Lorena kami berhenti di Terminal Baranangsiang. Kami dijemput Mas Imam, kakak kelas dari SMAN 1 Batu yang kuliah di IPB. Aku bersama Teguh, salah satu teman yang lolos PMDK menginap di tempat Mas Imam untuk sementara waktu sebelum mendapatkan kos sendiri. Mas Imam tinggal di daerah Tegal Mangga, sebuah kampung di tengah-tengah Bogor yang penuh sesak dengan rumah kos, mahasiswa-mahasiswa daerah yang hidup dengan keprihatinan dan penduduk lokal Tegal Mangga. Kampus IPB Baranangsiang sendiri bisa ditempuh kira-kira sepuluh menit dengan berjalan kaki dari tempat ini. Kampungku di Batu bukanlah tempat yang indah, tapi tempat baru ini tampak begitu sedih di mataku. Kami harus menuruni tangga terjal, sekitar sepuluh meter dari jalan umum ke tempat yang berada di pinggir kali kecil bercampur dengan sampah ini. Seketika aku merindukan rumah kecilku, kehangatan saudara-saudaraku, ranjang bambuku. Aku merasa asing di sini, terdampar di sini. Aku ingin pulang!

Mas Imam tinggal di sebuah rumah yang lebih besar daripada rumah kecilku di Batu. Tapi rumah berlantai semen ini juga begitu sedih. Rumah di pinggir kali kecil yang hampir tak berair ini, jendela depannya begitu kotor, lantai semennya tertutup debu, kursi-kursi berserakan, buku-buku tak tertata bercampur dengan bungkus makanan. Ruang tamu ini mati, begitu pula dapur dan kamar mandinya (yang setiap kali aku mengingatnya, memberikan rasa yang tak nyaman di perutku). Di belakang ruang tamu ada beberapa kamar tidur kecil untuk tempat kos dan satu kamar untuk ibu kos dan anak kecilnya. Di kamar yang berantakan dan berdebu ini, Mas Imam tinggal sekamar dengan seorang mahasiswa yang pada saat itu sedang pulang ke Jakarta. Kami bertiga tinggal di kamar ini: aku, Mas Imam, dan Teguh. Aku merasakan kamar ini, bangunan rumah ini, hanyalah tumpukan batu bata yang berdiri tanpa jiwa.

Perahu kecilku terdampar di dermaga asing. Aku nyaris tenggelam, nyaris pulang kembali. Aku ingin berteriak dan kembali ke kaki Gunung Panderman. Pada saat itu rumah kecil kami di Batu belum mempunyai telepon dan kami harus menumpang telepon di rumah besar depan rumah kami. Kerinduanku sedikit terobati ketika mendengar suara Ibu di seberang sana, mendengar nasihat-nasihat sederhana, jujur, dan hangat. Aku selalu mengakhiri perbincangan ini dengan isak tangis di dalam salah satu kamar wartel di Mal Internusa. Kerinduanku justru tumbuh menjadi semakin besar dan tajam. Teguh yang pendiam ini begitu teguh, tidak pernah meledak menjadi tangis seperti diriku. Ia selalu menemaniku pergi ke wartel setelah pukul sembilan malam untuk menunggu diskon sambungan langsung jarak jauh, duduk di pinggir jalan, mendalami jiwa satu sama lain dan mencoba "melepas" kerinduan yang tak bisa terlepaskan. Setelah menelusuri Jalan Malabar, salah satu daerah kos mahal, kami kembali berjalan pulang, menuruni tangga gelap sepanjang sepuluh meter, ke tempat kos sementara kami.

Aku hanya bisa menelepon sekali atau dua kali seminggu karena biaya telepon yang mahal. Aku juga tak ingin mengganggu tetangga di Batu yang setiap saat memanggil Ibu atau Bapak, mengangkat gagang telepon di rumahnya. Kadang aku harus merelakan makan siang, puasa Senin-Kamis, untuk mendengar suara orang yang aku cinta. Bahkan, di beberapa kesempatan, ketika semuanya tak lagi bisa dipendam, ketika aku merasa kosong, ketika aku merasa perjalanan ini tak mungkin diteruskan, aku tak lagi menghiraukan uang makanku habis untuk biaya telepon. Kehangatan ibuku yang merambat lewat kabel telepon, menyentuh, memeluk, dan memasuki kesepianku, adalah segalanya. Aku juga sering menulis surat, melepas semua kerinduan dan ketakutanku di kota asing ini. Dan ketika air mataku jatuh di atas kertas surat, aku merasa Ibu membasuh wajahku, membelai rambutku.

Selain wartel, aku juga sering mengunjungi ATM BCA di Mal Internusa untuk memastikan apakah tabunganku masih tersisa untuk makan satu atau dua minggu ke depan, apakah transfer awal bulan sudah datang atau belum? Kelincahan mengatur uang saat itu seperti menari balet. Butuh kelincahan, butuh keseimbangan. Aku terus belajar memainkannya dengan keprihatinan dan kesederhanaan yang luar biasa.

Perjuangan keluargaku bagaikan sesuatu yang tak mungkin dilakukan. Seorang sopir truk dengan dua anak kuliah, di Bogor dan di Malang, dua anak lagi masih di SMA dan SMP! Gelombang semakin besar, tapi pelayaran kami tak berhenti. Kami terus maju, kami terus memberanikan diri, karena berdiam hanya akan menunggu badai. Aku dan tangan kecilku tak mampu melalui jalanan yang dilalui Bapak lagi. Terlalu gelap dan berpolusi. Perjuangan Bapak, Ibu, dan saudara-saudaraku adalah kerja raksasa menembus gelombang besar. Aku tak boleh gagal. Aku tak boleh pulang kembali ke rumah kecilku sebelum membawa lukisan indah ke dalamnya.

"*Are you OK?*"

Aku tak bisa lagi meneruskan cerita ini. Senja semakin merah. Kami masih duduk, kudekap kepalanya di dadaku.

"Jangan tinggalkan aku," bisikku.

19

SEPANJANG SUNGAI CILIWUNG

Udara malam semakin terasa dingin. Beberapa pengunjung Central Park mulai meninggalkan taman cantik di tengah New York City ini. Aku masih duduk, mendekap bocah kecil ini. Kepalanya nyaman di dadaku yang rata. Kami berdua memandang danau di tepi pancuran air, The Bethesda.

"*You know*, banyak air mata di tengah perjuanganku di Bogor. Meninggalkan keluarga tercinta di Batu tak pernah mudah. Bahkan sampai sekarang."

Ia diam, tapi tak tertidur. Aku elus lagi rambutnya.

"Mungkin aku harus pergi," katanya.

"Semua kenyamanan, di tengah kekurangan kami di Batu, adalah sebuah kekayaan yang tak ternilai harganya. *Family is everything to me. Are you OK, dear?*"

"*Let's go in 15 mins,*" singkat katanya. Dan sebelum kami

pulang, aku menyempatkan bercerita tentang perjalanan memulai hidup di Bogor.

Setelah berkeliling seputar kampus Baranangsiang, aku dan Teguh pindah ke tempat kos di daerah Bapeund di belakang terminal Baranangsiang. Sebuah rumah kos sederhana yang berlantai keramik tua dan cukup bersih, di tengah-tengah kampung yang sangat padat, di sepanjang aliran Sungai Ciliwung. Rumah kos ini dihuni beberapa mahasiswa senior jurusan Statistika dan tiga orang mahasiswa tingkat satu. Hampir semuanya anak daerah dan hanya satu dari Jakarta, Mas Mul, yang menjadi teman sekamarku. Ia mahasiswa Statistika tingkat akhir yang selalu sabar menjawab banyak keingintahuanku akan hidupnya di Jakarta, tentang agama, keluarga, musik, masa lalu, rencana masa depan, dan terutama seluk-beluk perkuliahan di jurusan Statistika. Jurusan Statistika saat itu adalah salah satu jurusan favorit di IPB yang juga jurusan paling menakutkan. Jurusan yang hanya menerima sekitar 40 sampai 50 mahasiswa per tahun ini merupakan jurusan Statistika terbaik di Indonesia dan mempunyai standar sangat tinggi dalam penerimaan mahasiswanya. Bagi mereka yang telah lolos PMDK di jurusan Statistika pun, masih harus melalui masa-masa Tingkat Persiapan Bersama (TPB) di tahun pertama untuk mengevaluasi apakah mereka masih layak diterima di jurusan itu. Setelah tingkat dua, persaingan menjadi semakin tajam dan tak sedikit mahasiswa yang harus mengulang atau *drop-out*.

Aku mungkin salah satu siswa terbaik di Batu, tapi di sini aku menjadi sangat "kecil" di tengah siswa berprestasi lainnya: siswa teladan nasional, finalis olimpiade matematika internasional, juara karya ilmiah nasional, dan sederet prestasi panjang lainnya. Aku pernah bilang kepada Ibu, jika aku gagal di sini, aku akan menabung dan mengembalikan semua uang biaya kuliah. "*Coba dulu, belajar yang rajin, jangan takut*"–sebuah nasihat sederhana dan bijaksana dari Ibu yang meyakinkan diriku bahwa menjalani proses adalah menjalankannya sekarang, saat ini, dengan kerja keras dan melepaskan ketakutan akan hasil yang didapat. Kegagalan ataupun keberhasilan sebuah proses adalah dimensi lain yang akan melahirkan pelajaran baru untuk proses selanjutnya. "*Jangan takut, belajar yang rajin*" telah menyelamatkanku. Aku pun mengalir, membawa perahuku di tengah samudra luas ini. Awan tebal, hujan, dan badai menghadang di mana-mana, tapi aku terus mendayung.

Seperti aku, banyak mahasiswa PMDK dari daerah yang membawa harapan besar dan keprihatinan yang dalam dari rumah kecil mereka masing-masing. Semangat dan persaingan yang tajam ini terlihat dari setiap jendela kos yang berimpitan, dari ruang tamu, dari halaman kampus, dari warung pinggir jalan. Hampir semua mahasiswa IPB selalu mendekap buku, pagi siang malam, menyendiri, diskusi, atau belajar bersama. Tahun pertama di IPB adalah pertarungan mendapatkan jurusan yang kami inginkan di tingkat 2 dan pertarungan melawan rasa rindu akan kampung halaman. Aku tak banyak melihat warna, canda tawa, atau energi anak muda yang lepas, kecuali beberapa mahasiswa di sepanjang Jalan Malabar atas atau daerah Riau, tempat kos anak-anak berada. Kampus hijau ini begitu sunyi. Semua memegang mimpi dan mendekapnya erat.

Dengan kerja keras, di tengah-tengah kerinduan yang luar biasa akan rumah kecilku, aku berhasil menyelesaikan TPB dengan IP yang memuaskan. 3,3! Cukup bagus saat itu, melihat persaingan yang luar biasa. Sementara di Taman Satari, beberapa mahasiswa yang gagal di TPB atau *drop out* bergerombol, melepaskan kekecewaan lewat pandangan kosong atau teriakan ke anak-anak angkatan baru. Aku menatap mereka dan kesedihan mereka menyelinap ke pori-pori kulitku.

Setelah menyelesaikan TPB, aku secepatnya membeli tiket bus Lorena bersama teman-teman dari Malang. Perjalanan Bogor ke Batu terasa begitu manis. Kembali pulang, menghirup kembali udara Kota Batu, memandang Gunung Panderman dan dinginnya pagi bersama kopi panas, aku seakan hidup dalam puisi-puisi indah Kahlil Gibran. Rumah kecilku ini seakan menjadi Istana Bogor yang terletak di tengah-tengah Kebun Raya Bogor. Orang-orang tercinta memelukku, menciumku lewat tatapan matanya. Ibu memasak daging empal favoritku. Aku kembali "terlindungi".

Perjalanan pulang kampung yang paling menarik adalah perjalanan semasa musim Lebaran. Karena tiket bus yang begitu mahal, aku dan beberapa mahasiswa lain dari Malang tak mempunyai pilihan selain naik kereta ekonomi Matarmaja. Kereta dekil yang berangkat dari Stasiun Senen Jakarta ini seperti sebuah kandang berjalan. Ratusan orang bertumpukan bersama barang-barang bawaan mereka. Penjaja makanan, pengamen, atau pengemis berjalan di antara gerbong, kadang melewati beberapa penumpang yang tiduran di lantai. Tangisan bayi, asap rokok, sampah berbaur menjadi satu. Beberapa orang yang tidak bisa duduk di gerbong bersandaran di sela-sela gerbong dan bahkan, duduk di dalam WC kereta! Kereta berhenti di setiap stasiun, melalui malam yang warnanya menjadi kelabu.

Angin menambah dinginnya malam. Ia tertidur dalam dekapanku. Kukecup dahinya tanpa ia ketahui. Bulan hanya tampak sebagian. Hanya dua-tiga orang di sekitar The Bethesda dan kubiarkan angin malam memasuki tubuh kami.

Hening. Aku menemukan kedamaian di wajah kecilnya.

"*Jangan tinggalkan aku sendiri, di sini*," bisikku.

20

DI AKHIR SUJUD

"*Dude, it's Dedy's birthday today. We're going to have dinner at Spice Market. You have to go,*" kilah Indira di telepon. Seorang sahabat dekat, yang mungkin sudah menjadi 80% New Yorker dan selalu rajin mengumpulkan sahabat-sahabat dekat, keluarga kecil kami di New York.

Let me tell you, dear reader. Aku selalu berperang dengan diriku, selalu berat memilih antara kesendirian atau hiruk pikuk kehidupan NYC: seperti perayaan ulang tahun, nongkrong di bar, piknik di Central Park, *brunch* bersama pada hari Minggu, pesta kecil di apartemen teman atau makan malam bersama di restoran favorit pada akhir pekan. Aku telah terbiasa sendiri dalam hidupku, belasan tahun.

And let me also tell you, dear reader. Aku sebenarnya tak percaya diri untuk berkumpul dengan orang-orang di New York. Anda kini telah tahu semua, bagaimana masa laluku. Tak mudah bagi anak seorang sopir angkot untuk masuk dalam kelas sosial yang lebih tinggi, jauh lebih tinggi.

Lastly, let me tell you, dear reader. It's never been easy for me. Selalu ada pertarungan besar di hatiku! Kadang aku paksakan juga untuk bergabung ke dalam kegiatan sosial ini. Karena kesendirian yang dalam, akan membunuh, pada akhirnya.

Malam itu kami bertemu di Meat Packing District untuk makan malam. Canda tawa, makanan lezat, minuman yang menggoda, dan NYC *crowd* yang *stylish* menghiasi malam. Ramai! Kadang di tengah makan malam ini aku merindukan keramaian makan malam di rumah kecilku bersama orangtua dan saudara-saudaraku. Keramaian di tengah kekurangan kami.

Di saku kiri celanaku masih tersimpan secarik kertas darinya, puisi "Hampa". Dan di tengah hiruk pikuk makan malam itu, pikiranku justru melayang kepada salah satu puisi Chairil Anwar, "Doa".

kepada pemeluk teguh

Tuhanku
Dalam termangu
Aku masih menyebut namamu

Biar susah sungguh
mengingat Kau penuh seluruh

cahayaMu panas suci
tinggal kerdip lilin di kelam sunyi

Tuhanku

aku hilang bentuk
remuk

Tuhanku

aku mengembara di negeri asing

Tuhanku
di pintuMu aku mengetuk
aku tidak bisa berpaling

Dan, di tengah makan malam ini, aku merindukan sahabat kecilku. Aku ingin mengajak dia, mengenalkannya kepada teman-temanku.

Waktu menunjukkan jam dua pagi. Spice Market masih meriah, menyambut malam atau pagi. Kami memutuskan untuk pulang. Dedy dan Esther memanggil *yellow cab*, menuju apartemen mereka di Upper West Side. Di dua *yellow cab* terpisah, Sym dan Aadil, Indira dan Ivan, menuju apartemen masing-masing di Upper East Side. Swan, Kenny, dan Rosa berjalan menuju *subway station*.

Aku sendiri berjalan kaki sepanjang West Village melalui Christopher Street yang baru memulai malam dan Bleecker Street yang melankolis. Kenangan pun melayang ke masa kuliahku dulu.

Aku selalu menyukai puisi. Ketika lukisan kata-kata misterius ini pecah, menampar kesadaranku dan meledak, aku memasuki setiap makna, terdampar di tengah lautan luas yang biru dan sunyi. Aku selalu tenggelam dalam lukisan yang tercipta dari puisi. Ketika SMA aku mulai membaca beberapa puisi Chairil Anwar, W.S. Rendra atau Kahlil Gibran. Puisi-puisi ini selalu memberikan kesegaran dan melahirkan pagi baru untukku. Ketika pergi ke Bogor, aku membawa buku-buku puisi dari SMA. Membacanya kembali di tempat yang baru dan sepi. Puisi-pusi memberikan ledakan yang berbeda, kesegaran yang berbeda. Ia begitu dekat. Ia menjadi doa. Menjadi rangkaian mawar di meja belajarku, menjadi laut lepas di atas lantai keramik tua dalam kamar kos ini. Aku merasakan keindahan yang dalam dan melankolis.

Selain menemukan keindahan baru dalam puisi, aku juga mulai mempelajari agama lebih dalam. Perjalanan ke Bogor ini adalah salah satu perjalanan spiritual yang memperkuat masa mudaku, hidupku. Aku mulai rajin mengerjakan salat lima waktu dan kadang salat Tahajud. Di tengah kerinduan yang dalam, aku menemukan kedamaian yang luas dalam salat lima waktu, ada yang tersembuhkan dalam salat Tahajud. Doa-doa setelah salat memberikan kekuatan baru untuk hidup sendiri di Bogor ini. Aku mengunjungi Ibu, Bapak, Kakek, Nenek, dan saudara-saudaraku lewat setiap bulir airmata yang menetes setelah salat.

Di kampus hijau ini nilai-nilai keagamaan dipegang begitu kuat, begitu dalam, begitu baru di depan mataku, yang tidak disiplin menjalankan ritual keagamaan sebelumnya. Aku sempat terkejut melihat tempat duduk yang terpisah antara mahasiswa laki-laki dan perempuan, pengajian harian di tempat kos, rutinnya salat Tahajud, membaca Alquran setelah salat Magrib sembari menunggu Isya, banyaknya organisasi mahasiwa Islam atau Kristen yang tak pernah aku ketahui sebelumnya, mahasiswa dengan celana di atas mata kaki, jenggot panjang, atau banyaknya mahasiswi berjilbab.

Pengetahuan agama dan praktik keseharianku yang sangat minim, menempatkan aku menjadi sebuah pencilan di kampus ini. Aku belajar salat lagi lebih dalam. Aku mulai menghafalkan ayar-ayat baru, menggali artinya, bahkan mengulas sedikit sejarahnya. Mas Mul mengajariku mengaji selepas Subuh atau Magrib. Aku mulai pergi ke mesjid untuk salat berjamaah dan mengikuti beberapa pengajian di kos maupun di kampus. Sering kali dalam salat, aku menyerahkan diri, lepas di sujud terakhirku, karena kerinduan yang dalam akan rumah kecilku dan rumah Tuhan.

Selepas Isya, biasanya aku langsung ke kamar dan membaca buku-buku. Tidak ada TV di ruang tamu, tak ada komputer di kamarku. Hanya aku, Mas Mul, dan buku-buku pelajaran. Jika ingin melihat TV, aku biasanya pergi ke kos sebelah rumah.

Setelah melalui minggu-minggu yang sepi, akhirnya aku membeli radio genggam murah untuk mendengarkan berita atau lagu-lagu sebelum belajar, atau menemaniku sebelum tidur. Lagu-lagu pop yang terdengar dari radio genggam kecil ini tidak nyaring, tapi telah membawa laut lepas di mejaku dan bulan purnama di tempat tidurku.

Dari ratusan teman baru di IPB ini, aku mulai melihat dunia yang luas. Anak-anak daerah yang mewakili hampir seluruh penjuru Indonesia ini membawa beragam budaya, berbaur di sepanjang Kebun Raya Bogor, menjadi taman warna-warni di kampus hijau ini. Dari taman warna-warni ini, ada dua warna istimewa, Herna dan Mike. Dua mahasiswa Sunda yang cantik ini menjadi teman baikku semasa TPB. Mereka adalah rangkaian bunga yang indah ketika masa-masa TPB berwarna kelabu. Kami bertiga ingin menjadi sahabat sampai kakek-nenek.

Dengan puisi, ritual baru, spiritual baru, musik, sahabat, dan kesendirian, aku memasuki dunia baru. Dengan keprihatinan yang dalam, aku mencoba yang terbaik, aku ingin pulang dengan menggenggam sesuatu, membawa lukisan di ruang tamuku. Aku memutuskan untuk tidak mengikuti dunia organisasi kampus sama sekali, demi mencapai prestasi terbaik. Aku mengayuh perahu layarku, menatap senja seperti menatap pagi.

Sampai di apartemen, kubuka lagi secarik kertas, puisi "Hampa" dan kulihat bayangan wajah bocah kecil berbaju merah putih ini.

"*Sleep tight*," katanya.

21

KEPADA YANG TERCINTA

Mbak Isa, Mbak Inan, Rini, dan Mira, dearest

Semoga semuanya baik-baik di rumah ya.

Senang sekali dapat telepon dari rumah dua minggu lalu, dan dengar bahwa Bapak sudah tidak nyetir lagi, setelah 36 tahun. Semoga ia bisa menikmati masa tuanya di rumah dengan damai, mengurus cucu-cucunya dan kos-kosan yang telah kita bangun untuk masa pensiunnya. Hatiku benar-benar penuh mendengar berita ini.

Aku juga ingin kasih tahu bahwa hari ini ada berita cukup mengejutkan di kantor! Barusan aku dipromosikan menjadi Senior Manager, Operations Nielsen Consumer Research New York! Nggak menyangka sama sekali, setelah lima tahun di New York, dengan berbekal ijazah lokal, aku bisa meraih posisi ini. Siapa sangka, anak seorang sopir bisa hidup di New York dan mendapatkan penghargaan seperti ini. Ini lebih dari mimpiku.

Mbak Isa, Mbak Inan, Rini, dan Mira, dearest,

Sebagai perayaan promosiku, hari ini aku kirim sejumlah dolar ke rekening Mbak Inan, barangkali untuk bantu Mira beli rumah di Karawang. Semoga cukup ya. Oke. Hampir semua sekarang dapat bonus, tinggal Rini dan Mbak Inan saja yang harus menunggu tahun depan. Semoga aku masih di New York, biar bonusnya lancar.

Sebagai perayaan promosi, aku juga ingin mengenang masa laluku, masa lalu kita, biar agar aku selalu diingatkan dari mana aku memulai semua ini. Kali ini, aku ingin bercerita tentang masa-masa kuliahku di IPB. Sebuah perjuangan yang tak mudah tapi berkat dukungan dan cinta dari saudara-saudaraku tercinta, aku bisa melalui masa-masa ini dengan lancar, bahkan menjadi lulusan terbaik. Semuanya berkat cinta dan kerja keras kita.

Semoga anak cucu kita kelak bisa membaca dan mendapat sedikit terang dari perjuangan kita selama ini. Ceritanya agak panjang. Baca kalau sempat saja.

Memasuki tingkat dua, aku harus membayar uang kuliah dan kos, bersamaan dengan Mbak Inan yang harus membayar uang kuliahnya juga. Kami mencoba apa pun yang kami bisa! Bapak bekerja lebih malam sebagai sopir truk, Mbak Isa menambah murid les privatnya, dan Ibu juga bekerja kecil-kecilan. Tapi semuanya belum cukup, jauh dari cukup. Aku mencoba lebih prihatin, lebih irit. Aku ingin menyelesaikan kuliah secepatnya. Membantu kami keluar dari kemiskinan ini. Aku teringat kalimat yang aku sampaikan ke Ibu suatu hari karena keputusasaanku, "*Buk, aku kesel, mlarat terus*" –Ibu, aku capek, miskin terus.

Karena tidak ada jalan keluar lain, Bapak akhirnya harus meminjam uang ke saudaranya yang bekerja sebagai pedagang sayur di daerah Pulomas, Jakarta. Lek Tukeri bukanlah pedagang besar, tapi mempunyai uang lebih dibandingkan kami. Ia seorang pekerja keras yang berhasil membangun hidupnya di Jakarta. Sayangnya, kesederhanaan, kebaikan jiwa, dan keberhasilan usahanya tidak mampu menahan kekerasan kehidupan di Jakarta. Anak laki-laki tertua mereka, Sugeng, meninggalkan raganya setelah lulus dari SMA karena obat-obatan terlarang.

Pada saat Mbak Inan memasuki Universitas Brawijaya, kami telah menjual sebagian dari tanah warisan Bapak di Yogya ke Lek Tukeri. Kami sengaja tidak menjual semua tanah warisan yang tak seberapa luas ini karena ingin mempunyai sesuatu untuk dikenang di Yogya. Kami kemudian menjadikan sebagian tanah warisan ini sebagai jaminan utang lainnya ke Lek Tukeri. Harapannya, aku atau kakakku bisa mengembalikan uang ini setelah mendapatkan pekerjaan. Kegelisahan kami pun sedikit meleleh, aku mendapatkan harapan kembali. Tanpa bantuan pinjaman uang ini, aku tidak tahu bagaimana bisa kembali ke Bogor. Tak ada lagi barang berharga yang bisa kami jual atau gadaikan selain rumah kecil kami, dan kami tak akan menjualnya. Selamanya.

Uang pinjaman dari Lek Tukeri aku pakai untuk membayar uang kuliah dan kos. Aku harus mengambilnya setiap enam bulan atau kadang setahun sekali. Perjalanan pertama kali ke tempat Lek Tukeri untuk mengambil uang ini begitu mendebarkan. Selain belum pernah ke Jakarta sendirian, aku tidak tahu bagaimana meminjam uang dari seorang pedagang sayur biasa yang bekerja keras untuk mengumpulkan lembar demi lembar tabungan.

Setelah mendapatkan petunjuk dari beberapa teman kuliah dan Lek Tukeri, aku memberanikan diri pergi ke Jakarta. Dari terminal Baranangsiang, aku menuju Kampung Rambutan, melewati tol Jagorawi yang lumayan lancar pada siang hari itu. Kampung Rambutan terlihat begitu kasar, begitu kering, seakan mengancam semua pendatangnya untuk segera keluar dari terminal ini. Aku diam, terperangah, duduk di bus kota B41 jurusan Rawasari, mendengar teriakan-teriakan penjaja makanan, kondektur, penjaja *Aqua*, pengamen yang silih berganti masuk bus, debu-debu jalanan, pengemis, dan wajah-wajah tak bersahabat dari penumpang yang berdesak-desakan. Aku diam, menelan satu per satu pemandangan ini. Keringat menetes di mana-mana, debu jalanan menempel di seluruh tubuhku. Pemandangan di sekitar Kampung Rambutan begitu sedih, kerusuhannya menempel menjadi kenangan.

Setelah turun di daerah Rawasari, aku mencari angkot yang membawaku ke daerah Pulomas. Setelah berjalan bolak-balik, tanya sana-sini, aku berhasil menemukan rumah pamanku. Dia dan Bulik Sum, istrinya, menyambutku di ruang tamu seakan tak percaya aku bisa sampai. Bajuku basah oleh keringat cokelat. Segelas air putih dari kulkas yang mereka suguhkan langsung aku minum. Seperti membaca pikiranku, Lek Tukeri langsung mempersilakan aku untuk mengambil air putih sendiri di kulkas. "Anggap seperti rumahmu sendiri," katanya. Aku pun segera membuka kulkas untuk segelas air putih lagi. Lek Sum sendiri telah mempersiapkan makan siang.

Sebelum mereka berangkat ke Pasar Induk untuk membeli sayuran yang akan dijual di Pasar Rawasari keesokan harinya, kami berbincang mengenai kuliah, keluarga di Batu, tempat kos, dan alasan kedatanganku. Rasa sungkan hampir meledak di dadaku. Malam itu juga, Lek Tukeri memberiku pinjaman sekitar 3 juta untuk membayar uang kuliah, kos dan sedikit tabungan. Aku bermalam di sana, tidur di atas kursi, di ruang tamu, sambil menonton TV. Ruang tamu ini begitu panas. Nyamuk-nyamuk berkejaran, seperti halnya tikus-tikus besar di depan rumah. Mungkin di dapur juga!

Oke, gitu saja cerita kali ini, sudah kepanjangan. Kapan-kapan kita sambung lagi ya.

With all my heart,

Your only brother.

"But do you understand, I cry to him, **do you understand** that along with happiness, in the exact same way, in perfectly equal proportion, man also **needs unhappiness.**"

Dostoevsky's
Demons

“Aku menyimpan beberapa rahasia besar dan hanya ketika malam panjang yang sepi dan panjang, aku bisa membebaskan mereka.”

22

MALAM, SEBELUM 2 DESEMBER

Udara musim dingin mulai terasa pada awal bulan November. Ranting-ranting tak berdaun menyambut senja yang datang lebih awal. Warna dramatis musim gugur berganti dengan melankoli musim dingin. *Snow flurries* pertama tahun 2000 turun beberapa hari sebelum ulang tahun pertamaku di New York. Dari jendela apartemen, aku melihat gumpalan salju kecil untuk pertama kalinya, bergerak pelan turun dari langit yang kelabu sore itu.

Angin melambaikan ribuan gumpalan salju sebelum akhirnya menyentuh tanah. Aku turun ke luar apartemen. Beberapa gumpalan jatuh di atas kepalaku, lembutnya menyentuh telapak tanganku. Aku teringat bermain-main air hujan di depan rumah kecil bersama Bapak. Sebuah meditasi alam.

Tak banyak salju yang tersisa di atas tanah saat itu, tapi kenangan melihat salju pertama kalinya turun sepanjang Westchester Avenue begitu padat, melekat di hati.

Beberapa hari setelah melihat salju pertama, aku merayakan ulang tahun pertamaku di New York. Selain Mbak Ati, tak ada satu orang Indonesia pun yang aku kenal. Mbak Ati sendiri sedang berlibur ke Rio De Janeiro. Bapak, Ibu, dan saudara-saudaraku memberikan ucapan selamat ulang tahun ketika aku masih berada di kereta Metro North, sepulang dari kantor sore itu. Masih tanggal 1 Desember malam di New York sedangkan Indonesia sudah menyambut pagi 2 Desember. Mereka ingin menjadi orang pertama yang memberikan ucapan selamat ulang tahun. Suara mereka menghangatkan musim dingin. Aku melihat wajah mereka di balik jendela kereta, begitu dekat. Aku menahan airmata yang hampir jatuh di dalam kereta yang penuh ini.

Dari Stasiun Fleetwood, aku menikmati perjalanan kaki ke apartemenku. Tidak tergesa-gesa seperti biasanya. Sebuah perjalanan kontemplasi. Sebuah meditasi berjalan, aku menyebutnya. Di sepanjang Gramatan Avenue, di tengah udara malam yang mulai menusuk, aku menengok kembali perjalanan hidup setahun ke belakang. Lembar demi lembar keberhasilan atau kegagalan keluar dari memoriku. Beberapa kenangan membuat aku tersenyum sendiri. Aku diingatkan lagi untuk selalu bersyukur dan membahagiakan saudara-saudaraku. Di Westchester Avenue, sepuluh menit dari apartemen, aku memperlambat jalanku. Aku tak bisa melihat ke belakang saja, pikirku. Aku juga harus mempersiapkan perjalanan ke depan.

Keesokan harinya, beberapa teman di kantor memberikan kejutan. Ketika makan siang tiba, aku dipanggil ke sebuah *meeting room*. Semua rekan kerja sudah berkumpul dan menyanyikan lagu *Happy Birthday* ketika aku membuka pintu. Beberapa macam pizza, termasuk *tomato basil mozzarella pizza* kesukaanku, sebuah *chocolate cake*, kartu ulang tahun beserta *gift certificate* juga menantiku.

Musim berganti. Ulang tahun datang lagi. Kali ini yang ke-32. Berbeda dengan ulang tahun pertama di New York, ada empat perayaan ulang tahunku kali ini:

Di studio yoga Jivamukti.
Setelah meditasi, teman-teman menyanyikan lagu *Happy Birthday* yang diberi sentuhan yoga. "*Happy birthday Iwan, happy birthday Iwan. We love you being here, we love you being here. Love and peace, Iwan. Love and peace Iwan.*" Perayaan ulang tahun di sini selalu sakral, damai, dan menyentuh. Seperti tahun sebelumnya, airmata mengalir di antara pelukan teman-teman yogaku.

Di kantor Nielsen.

Setelah mendapatkan kejutan setiap tahunnya, aku sempat menebak di mana perayaan ulang tahun kali ini. Mungkin di *meeting room* lagi atau area dapur. Di ulang tahun yang ke-32 ini mereka memberikan kejutan yang berbeda, di ruang kerjaku. Setelah makan siang, mereka datang dengan kue ulang tahun, kartu ucapan, dan lagu *Happy Birthday*.

Bersama temen-temen dekat yang sebagian besar anak-anak Indonesia.

Seperti tahun-tahun sebelumnya, sudah menjadi tradisi kami untuk merayakan ulang tahun bersama. Siapa yang berulang tahun, dia yang mentraktir. Dan yang ditraktir biasanya membawa kado. Beda sekali dengan budaya Amerika, yang ditraktir adalah yang berulang tahun. Kali ini, aku mengajak mereka makan malam di restoran Italia di daerah Meat Packing District, pilihan Ms. Social, Indira. Aku juga mentraktir beberapa temen dekat di kantor. Ada rezeki tambahan saat itu, sekalian syukuran.

Dengan jiwaku.

Malam hari sebelum tanggal 2 Desember, setelah mengikuti kelas yoga bersama Rima, kira-kira sekitar jam sembilan malam, aku mampir di Washington Square Park, dekat New York University. Duduk di salah satu sudut taman ini sekitar satu jam. Di tengah dinginnya *winter*, aku berkontemplasi. Melalui lembar demi lembar kenangan selama setahun atau dua tahun di belakang dan kembali melihat hidupku saat ini.

Ulang tahun ke-32 ini begitu istimewa bagiku.

"Aku punya sesuatu untukmu," sapa bocah kecil yang baju merah putihnya kali ini tertutup jaket tebal. Ia memberikan sebuah amplop tipis warna putih. Tak menunggu lagi, aku segera membukanya.

Belum sempat aku ucapkan terima kasih, airmataku mengalir. Aku melihat potret keluarga di dalam amplop putih ini. Potret keluarga yang diambil saat aku dikhitan. Aku hampir tak kuasa melihat kembali sarung hijau yang kupakai saat itu dan wajah orang-orang yang paling kucintai. Memori meledakkan sebuah melankoli yang biru, teramat biru.

"*Thank you so much, love.*" Kupeluk erat tubuh kecilnya. Kenangan perayaan ulang tahun di masa lalu pun melayang sepanjang Sullivan Street, di sepanjang perjalanan pulang kami.

Di bawah atap rumah kecil ini, kami tak pernah merayakan ulang tahun, tak ada acara tiup lilin, balon warna-warni atau kue tart berhiaskan angka ulang tahun. Kami tak pernah minta perayaan ulang tahun, kami bahkan sering tak ingat ulang tahun satu sama lain ataupun ulang tahun sendiri. Ritual ulang tahun saat itu adalah *luxury* yang tak penting. Kami merayakan ulang tahun sama seperti hari-hari biasa, ketika kami merayakan "hidup" kami.

Semenjak pindah ke Bogor, aku mempunyai kebiasaan baru. Aku selalu menanti tanggal kelahiranku dan "merayakannya". Masih tanpa acara tiup lilin, tanpa balon warna-warni ataupun kue tart berhiaskan angka ulang tahun. Aku selalu ingin menghabiskan malam ulang tahun bersama diriku, bersama malam dan warna-warni perenungan. Kalau ada airmata dari perenungan, itu menjadi kue tart ulang tahunku sebab airmata pun membuat garis hidup ini indah. Hari ulang tahun bagiku adalah perenungan kembali, menoleh ke belakang, menata kenangan-kenangan dan menempatkannya di hati. Dan ketika aku memanggil kenangan ini, aku merasa dilahirkan kembali, betapapun pahitnya kenangan itu.

Aku biasanya keluar sekitar jam sembilan malam, makan di tempat favoritku (sebagai kado kecil) dan berjalan kaki di sekitar kampus atau Kebun Raya Bogor. Di sepanjang perjalanan, aku melihat kenangan-kenangan lama di lampu minyak pedagang tahu goreng, asap rokok bapak tua yang berjalan sendiri, sandal jepit penjual rokok atau supir angkot yang membawaku pulang ke kos.

Dan hanya di malam panjang inilah, aku bisa berdamai dengan rahasia-rahasia hidupku, melepaskannya, karena menyimpan rahasia sendiri hanya membuat napasku tersengal. Aku ingin mengerti mereka dan memberi ruang yang lapang di hatiku. Aku kemudian merangkum "perayaan" ini dengan salat malam, memberikan ruang untuk kenangan-kenangan lama kembali ke tempatnya. Melupakan rahasia-rahasia hidup sejenak, sebelum mereka muncul dan menghantuiku kembali.

Keesokan harinya, kadang ada teman-teman iseng merayakan ulang tahunku, makan-makan di warung di kampus atau KFC. Ini adalah balon warna-warni untuk masa kecilku, kue tart ulang tahunku. Manis.

"Begitulah perayaan ulang tahunku," kuakhiri cerita ini setelah 15 menit berjalan.

Kami tiba di depan gedung 111 Sullivan Street. Restoran Blue Ribbon dekat rumahku ini masih ramai, masih banyak orang yang antre menunggu meja mereka. Di depan restoran ini, aku pernah melihat Penelope Cruz yang sedang berjalan bersama dua temannya atau Drew Barrymore yang sedang membaca majalah bersama Justin Long di tangga sebelah restoran. *That's SoHo*.

"Kamu adalah kado terbaik dalam hidupku. *Please stay here*," pintaku. Kumasukkan amplop putih dan foto keluarga ini ke dalam tas kerjaku. Kuseka satu-dua bulir airmataku. Kukecup keningnya.

23

SEPANJANG JALAN SUDIRMAN

Summer selalu "membakar" New York City, membuat kota yang tak pernah tidur itu menjadi sebuah *play-ground* raksasa. Semuanya menjadi lebih hidup. Tempat-tempat perbelanjaan di sepanjang Fifth Avenue, Madison Avenue, SoHo ataupun Meat Packing District dipadati oleh *New Yorker* ataupun turis dari segala penjuru dunia, sibuk keluar-masuk butik, toko suvenir, restoran, kafe, atau toko buku. Panggung hiburan terbuka tersebar dari Battery Park sampai Harlem. Pemain musik jalanan menggelar konser kecil di *subway station*, taman-taman kota, sudut-sudut kota. Mereka memainkan *jazz*, *acapella*, *hip-hop*, *R&B*, bahkan musik klasik. Rumput hijau di Great Lawn Central Park dipenuhi oleh mereka yang sedang *sunbathing*. Beberapa orang piknik di bawah pohon rindang, pesta kecil di sudut-sudut taman, anak-anak kecil bermain di pancuran air. Ratusan orang harus rela antre berjam-jam memasuki Empire State Building, Metropolitan Museum of Art, atau Museum of Modern Art. *Brunch* di Sarabeth Upper West

Side pun, harus menunggu sampai satu jam. The Statue of Liberty menjamu ratusan pengunjung tiap harinya.

Pada akhir pekan, aku biasanya berjalan-jalan di sepanjang SoHo, Tribeca, sampai Wall Street, melihat matahari terbenam di Battery Park atau di *promenade* Brooklyn Heights, membaca Dostoevsky di Washington Square Park, joging sore hari di sepanjang Hudson River, atau hanya menikmati segelas kopi dingin di beberapa kedai kopi kecil di SoHo. Kalau udara terlampau panas, aku biasanya mengunjungi toko buku seperti Barnes and Noble, McNally Jackson Books, Strands atau BookCourt. Menikmati koleksi seni di Metropolitan Museum of Art atau Museum of Modern Art adalah meditasi yang memperkaya batin. New York juga menawarkan pilihan *indie movies* yang luar biasa di Angelica, IFC, Film Forum, Lincoln Center, atau Sunshine Cinema. Dunia bisa terlihat begitu luas di layar lebar. Kadang, aku juga melirik trend *fashion* terbaru di Barneys, Odin, Oak, Opening Ceremony, Jeffreys, Saks Fifth Avenue, atau Bergdorf Goodman. *It's New York City, one of the fashion capitals in the world. So, why not? Fashion is an art too, just like a painting*, pikirku. Melihat barang-barang di toko-toko antik di Chelsea, Williamburg, atau Park Slope di Brooklyn, juga menjadi hiburan tersendiri. Seperti memasuki sebuah museum.

Dari beberapa panggung hiburan terbuka yang ada, Lincoln Center's Summer Concert adalah favoritku. Biasanya aku pergi ke sana bersama Kenny Komala, seorang sahabat pencinta musik, yang selalu tahu *update* terbaru di dunia musik, di Amerika, atau mancanegara. Apartemennya penuh dengan koleksi CD musik, mulai dari *country*, *bluegrass*, *folk*, *new age*, *gospel*, *rap/hip-hop*, *R&B/Soul*, *blues*, *pop*, *alternative*, *rock*, *classical*, *electronica* sampai dengan *world music*. Dari Kenny aku mengenal banyak musik "baru" dan tumbuh apresiasi yang lebih dalam untuk musik.

"*A great music. It tortures you to the deepest, it makes you cry. What are happiness and unhappiness? They don't matter here. You are lost at the moment you listen to it and it's dangerously peaceful*," menurutku.

"*Well, great music, when it's done right, you can't do anything but to just let it absorb you and take you along for a ride. You have no choice but to concentrate on what's being said, the mood being conveyed, the give-and-take between the instruments. In the end, great music makes you want to go back to the beginning and relive what you just experienced. That's my definition of great music*." Tulis Kenny di *wall* Facebook-ku.

Setelah berjalan keliling Upper West Side, aku mengajak sahabat kecilku ke Lincoln Center's Summer Concert.

"*Have you tried Mexican food?*" tanyaku sembari menunggu penampilan Lizz Wright, salah satu penyanyi idolaku yang akan tampil sore itu.

"*Nope,*" jawabnya singkat sambil memainkan tas sekolah di pangkuannya.

"*I think you should give a try. It's pretty good. You may like Guacamoli and chips,*" kusarankan. Kenny sendiri sedang membaca buku sambil mendengarkan lagu-lagu dari iPod-nya.

"*Let's go to Rosa Mexicano after this concert!*" Aku memutuskan.

Konser ini ternyata telat 45 menit, dan sambil menunggu, aku bercerita tentang perkenalanku dengan Jakarta. Aku pikir cukup waktu untuk menceritakan ini kepadanya.

Dengan seringnya ke Pulomas untuk mengambil "beasiswa" dari Lek Tukeri, aku ingin melihat Jakarta lebih banyak. Blok M adalah salah satu tempat yang sangat populer saat itu dan tempat pertama yang ingin aku kunjungi. Setelah tanya sana-sini, aku memberanikan diri naik bus kota ke Blok M. Seperti halnya Kampung Rambutan, terminal bus Blok M bukanlah seperti Jakarta yang aku bayangkan sebelumnya. Terminal di tengah kota ini, begitu kering, begitu sibuk, seakan lupa akan ribuan orang yang saling berebut masuk ke dalam bis yang keluar-masuk terminal. Asap hitam dari knalpot memuncratkan warna kelam, bercampur dengan tumpahan debu dari segala arah. Sementara, dari kejauhan, aku juga melihat tak sedikit mobil mewah keluar masuk Seibu Blok M. Mereka terlihat begitu nyaman karena berada dalam ruangan ber-AC. Beberapa penumpangnya membaca koran, melamun, menyisir rambut atau membenahi *make-up* mereka. Aku menelusuri jalanan Blok M. Langkah demi langkah, aku mengenal Jakarta, menciumnya, jatuh cinta sesaat, membencinya, dan jatuh cinta lagi.

Ketika menelusuri Blok M, aku mendengar bahasa Jawa, Batak, Sunda, Padang, Jawa (lagi), bercampur dengan beberapa bahasa daerah lain yang tak kukenal, pecah di udara dari mulut ribuan wajah yang mewakili warna Indonesia. Mereka bergerak di tengah terik matahari dari semua arah. Aku terdiam, meminum Teh Botol, melihat toko-toko baju di pinggir jalan, anak-anak muda dengan dandanan keren atau norak, aneka ragam pengemis, pengamen bergitar atau bergendang plastik, asap rokok dari mulut anak-anak sampai ibu-ibu. Semuanya meledak di sini, semuanya berbenturan di sini.

Aku memasuki Blok M Plaza. Memasuki mal pertama kali dalam hidupku, aku hampir mundur. Hanya beberapa puluh meter dari terminal, tempat ini sungguh berbeda luar biasa. Toko berbagai macam pakaian, kosmetik, mainan, buku-buku, salon-salon ternama, kedai kopi, restoran "aneh" berjejeran di dalam dinginnya udara AC. Beberapa orang (terlihat kaya) menenteng tas belanjaan, terlihat begitu bangga. Anak-anak muda menikmati kopi di *café-café* dan terlihat begitu santai merokok. Semua restoran terlihat begitu sibuk. Aku berkeliling dari lantai satu ke lantai lain sampai ke lantai teratas, seakan melihat sebuah pameran. Aku ingin keluar secepatnya seperti aku ingin keluar dari terminal Kampung Rambutan.

Aku menangkap keramaian, gemuruh, keresahan, kesakitan, dan gemerlap di sudut Jakarta ini. Aku merasa asing. Ingatanku justru tak bisa terlepas dari pemandangan gedung-gedung bertingkat sekitar Jalan Jenderal Sudirman, di sepanjang perjalanan bus kota dari Rawasari ke Blok M. Pusat bisnis di Jakarta ini terlihat megah. Beberapa profesional muda dengan rambut rapi, berdasi, membawa tas kerja sedang berjalan di sekitar gedung-gedung. Sungguh pemandangan yang tak pernah aku lihat langsung sebelumnya. Mereka seakan menggelar pertunjukan teater dengan gedung-gedung tinggi sebagai panggungnya. Aku terkesan. Beberapa dari mereka terlihat masih muda, begitu segar dan lincah. Aku melihat semangat dan energi yang memancar dari gedung dan wajah-wajah itu.

Ketika busku meluncur ke Blok M, meninggalkan gedung-gedung di sepanjang Sudirman ini, ada sesuatu yang tak bisa aku lupakan. Bahkan, beberapa hari setelah perjalanan itu. Gedung-gedung dan para profesional muda dengan pakaian bisnis sepanjang Jalan Sudirman itu ada di mana-

mana bersama diriku, mengikutiku di tempat kuliah, di kamar kos, di warung Malabar, atau di gagang telepon ketika aku menelepon Ibu. Aku pun memberanikan diri bermimpi. Aku ingin menjadi bagian dari gambar itu, aku ingin menjadi salah satu profesional muda, di Jalan Sudirman, Jakarta.

Begitulah, Jakarta di mataku!

"*Hey, Lizz Wright is on the stage now. Yuhuuu! Thank you* ya udah denger ceritaku."

Lebih dari sejam kami menikmati konser, melupakan Jakarta sejenak. Setelah konser berakhir, kami langsung menuju Rosa Mexicano, yang hanya beberapa langkah dari Lincoln Center ini.

"*Wow, the food is really really good! I love it.*" Matanya bersinar!

24

PERJALANAN EMPAT KOTA

Venesia, Italia, September 2006. Setelah berkeliling di beberapa kota di Italia, akhirnya kami memutuskan untuk berlibur berdua di Venesia untuk pertama kalinya. Dengan menggunakan kereta api dari Stasiun Roma Tribuna di Roma, akhirnya kami sampai juga di Stasiun Venezia S. Lucia, pada sore hari di musim gugur itu.

"*Oh my gosh!*" Keluar dari mulut kami, hampir bersamaan.

"*I can not believe this. Oh my gosh!*" tambahnya.

Kami berhenti sejenak dalam perjalanan kaki dari Stasiun Venezia S. Lucia menuju hotel. Terenyak oleh keindahan dan kemisteriusan yang meledak dari semua sudut Kota Venesia. Senja pun menambah drama keindahan sore itu.

Kugandeng tangan kecilnya, kuelus rambutnya, kucium keningnya sesekali. Keindahan ini menjadi luar biasa karena mata bulatnya berbinar, memantulkan kesegaran yang begitu hijau.

Keindahan Venesia begitu menyembuhkan. Ada luka-luka lama yang luruh, mungkin tak selamanya, tapi hari ini aku bisa merasa lepas.

Kami duduk di salah satu taman kecil, sebelum memasuki kota kecil di atas air ini. Kudekap dirinya sambil menikmati senja yang mulai redup.

"*In my entire life, I never expected to be here, at all. Thank you so much.*" Tatapannya memasuki kedua bola mataku. Kami kembali berdiam, bermeditasi dengan keindahan Venesia yang kebetulan tak banyak turis mengunjunginya saat itu.

Setelah 30 menit duduk, kami menuju hotel kecil di pinggiran kota.

"*I can not wait to try Italian food here,*" katanya sambil mengajakku bergegas menuju restoran di sebelah hotel. Restoran kecil yang mungkin hanya bisa menampung 20 sampai 25 orang ini terlihat penuh. Dari percakapan yang terdengar, kebanyakan dari mereka adalah orang Italia. "*This is a great sign. Local favorite!*" pikirku sembari melihat makanan yang sedang mereka santap. Ada *Spaghetti alle Vongole*, *Zuppa di Cozze*, *Carpacio*, *Brodo di Pesce*, *Fegato alla Veneziana* atau *Tiramitsu*. Satu dua botol *red wine* atau *white wine* mendampingi makan malam mereka. Aku berharap dapat duduk di luar, di bawah *canopy* berwarna cokelat muda. Tapi sayang, semua kursi telah penuh. Kami akhirnya duduk di dekat bar. Tidak ada musik. Hanya percakapan hangat yang terdengar. Sepanjang malam, kami membahas semua pengalaman di sepanjang perjalanan di Italia ini sambil menikmati makanan yang, oh, tak ada kata yang bisa menggambarkannya.

Di akhir perbincangan, ia mengejutkanku. "Aku harus pergi setelah liburan ini, *somewhere*. Aku tak bisa selamanya bersamamu *and please share few more stories here, in Venice, before I go.*"

"*No, no, you can not just leave me. Let me tell you a story here, now, in Venice*, tentang kota-kota yang aku kunjungi selama masa kuliahku, *but once again, you can't leave me*. Begini ceritanya."

Dengan bantuan "beasiswa" dari Lek Tukeri dan beasiswa dari Yayasan Supersemar, aku pindah kos ke daerah yang lebih tenang, di daerah Bagunde. Di tempat baru yang berlantai dua ini, hanya ada dua kamar yang dikontrakkan, semuanya di lantai dua. Bapak Yusuf, pemilik kos dan keluarganya berada di lantai satu. Di tempat yang mempunyai taman cantik dan kolam ikan kecil di depan rumah ini, aku berbagi kamar dengan mahasiswa lain. Firdaus

Ria Herlambang, mahasiswa tingkat dua jurusan Biologi dari Bekasi yang berambut keriting dan jago main bola. Berbeda dengan Mas Mul, Daus adalah anak muda yang baru saja melepas seragam putih abu-abunya. Ia melihat dunia barunya dengan segar, dengan ribuan tanya dan mungkin dengan kecerobohannya. Selama dua tahun lebih ini kami berdua berlayar, mencari dunia masing-masing dan dari perjalanan ini, terlahir ikatan yang dalam. Daus adalah saudara laki-laki yang tak pernah aku punya dan mengingatkan adik terkecilku, Mira. Keduanya begitu putih.

Sering sekali pada akhir pekan, Daus mengajakku ke rumah orangtuanya di Bekasi. Rumah mereka jauh lebih besar dan bagus, tapi aku serasa menyentuh tembok rumahku di sini. Aku merasakan kesederhanaan dan kehangatan di sini, aku merasakan "rumah kecilku" di rumah mereka. Aku bercerita, memperkenalkan diri dan rumah kecilku. Orang tua dan saudara-saudaranya melihatku, menyentuh hidupku.

Daus tidak hanya memperkenalkanku dengan saudara-saudaranya di Bekasi, tapi juga mengajakku ke beberapa rumah saudaranya di Bandung. Aku melihat keindahan kota Bandung yang tak terlupakan dan di perjalanan ini ada pengalaman yang mendapat tempat khusus di hatiku. Kami mengunjungi salah satu rumah saudaranya di daerah Lembang. Kami harus menuruni jalan setapak untuk mencapai rumah di sebuah lembah yang tak berlistrik ini. Di depan rumah yang tidak bertetangga ini terdapat kolam cukup luas, tempat kami memancing ikan-ikan yang akan dimasak di atas perapian yang terbuat dari tanah. Percikan api kayu bakar, percakapan yang lepas, isapan rokok kampung, dan kopi panas di malam yang dingin itu, melahirkan ikatan baru, melahirkan keluarga baru, dan memori yang dalam. Begitu dalam, sehingga ketika aku memanggil kenangan ini, aku bisa mencium udara segar di rumah bambu itu. Bukan bau melati, tapi kesederhanaan dan cinta yang mahal. Daus, seorang laki-laki yang indah.

Perjalanan ini membuka lembaran baru. Aku melihat kota baru, gaya hidup baru, keluarga baru, dan kehangatan baru. Mataku mulai terbuka dan dunia terlihat lebih luas. Dari sini aku selalu mencoba untuk melihat tempat-tempat baru, kota-kota baru, dan budaya baru. Dengan uang seadanya, dengan nekatnya.

Salah satu perjalanan "serius" semasa kuliahku adalah perjalanan bersama sahabat-sahabat dekat di jurusan Statistika, selama KKN (Kuliah Kerja Nyata). Dengan uang saku yang kurang dari pas-pasan, kami memulai perjalanan "nekat" dari Jakarta menuju Yogyakarta, menggunakan kereta ekonomi. Setelah berkeliling Yogyakarta dan menginap di tempat saudara Ade Ivana, kami meneruskan perjalanan ke Pasuruan dengan menggunakan bus. Eni Suryati yang juga di rombongan ini menjamu kami dan merelakan ruang tamu, juga kamar tidur mereka untuk tempat bermalam kami. Kebaikan dan kehangatan mereka menjadikan liburan ini sebagai perjalanan spiritual yang membesarkan kami.

Keesokan harinya kami naik kereta api ke Banyuwangi, mengunjungi kota kelahiran teman kami, Dewi Anggraeni. Ini pertama kalinya aku pergi ke Banyuwangi, begitu juga ke Pasuruan. Perjalanan dari terminal ke terminal, dari stasiun ke stasiun sangatlah menantang, melelahkan. Tapi, rasa keingintahuan kami untuk melihat kota-kota kelahiran teman-teman dekat ini mengubur semua rasa penat. Setiap langkah di kota-kota baru ini menjadikan aku besar, menjadikan aku "kaya".

Setelah menaiki feri di Banyuwangi, kami tiba di tujuan utama perjalanan kami, tempat yang belum pernah aku kunjungi (dan selalu ingin aku kunjungi), Bali. Memasuki Bali, di kilometer pertama aku merasakan energi yang berbeda, aku merasakan aku tak lagi di "Jawa". Ketika aku melihat laut lepas di Bali, aku jatuh cinta dengan pulau ini. Ketika hamparan padi hijau berbenturan dengan ombak laut lepas, ketika seorang sopir memasukan sesajen di depan mobil angkotnya, ketika asap dupa tertangkap tangan-tangan pemuja doa, ketika tangan-tangan kecil memahat patung Garuda, aku "lepas" bersama deburan ombak di pantai-pantai Bali. Aku mendekap setiap senja di Bali, warnanya memasuki hatiku.

Luh Dian, teman Bali-ku, dengan kebesaran hati dan "kebaliannya", menyediakan tempat menginap untuk beberapa hari dan transportasi. Kami berpindah tempat dari rumah orangtuanya ke rumah saudaranya di kota lain. Perjalanan "nekat" di Bali ini tak akan terjadi tanpa bantuan Luh Dian. Aku menikmati Bali seperti aku terlahir kembali di sini dan pulang dengan membawa laut lepas, bau asap dupa, persahabatan, dan keindahan yang mahal. Beberapa rahasia hidupku juga terlepas di tengah gemuruh ombak di pantai-pantai Bali.

Setelah perjalanan "nekat" itu, kami kembali ke tempat KKN masing-masing. Aku kebetulan mendapatkan tempat KKN di pabrik gula di Pasuruan yang ditempuh sekitar satu jam setengah dari Batu. Setelah mencoba kos di Pasuruan yang panas dan "kering", aku akhirnya memutuskan bolak-balik Batu-Pasuruan tiap hari. Setiap pagi, sekitar pukul 05.30, aku berangkat diantar Bapak dengan truk angkutan barangnya. Aku duduk di depan bersama Bapak yang sedang menyopir. Dari hari-hari bersama ini aku melihat garis wajahnya yang mulai menua, kulitnya yang semakin gelap, dan rambutnya yang mulai beruban. Lebih dari itu, aku melihat tatapan matanya yang capek, yang tak sesegar dulu.

Pada masa KKN ini, salah satu teman baikku, Andi Prabowo, mendapatkan tempat KKN di Batu, sekitar sepuluh menit naik angkot dari rumahku. Andi yang berperawakan kurus dan selalu "lurus" ini sering menginap di rumah kecilku. Anak seorang guru yang menjadi salah satu finalis lomba karya ilmiah nasional ini dengan "kuatnya" menginap di rumah kecilku untuk beberapa minggu. Ia melihat, menyentuh mendung di atap rumah kami.

Pada akhir masa KKN, aku dan beberapa teman menyempatkan pergi ke Gunung Bromo sebagai sebuah perpisahan sebelum kami meninggalkan bangku kuliah. Perjalanan ke Bromo ini adalah sebuah perjalanan "nekat" juga! Setelah, beberapa kali naik-turun angkutan umum, tawar-menawar dengan tukang ojek dan jalan kaki berpuluh-puluh kilometer, akhirnya kami sampai di Bromo sekitar jam empat pagi. Berjalan di lautan pasir menuju kaki Gunung Bromo di tengah bau belerang dan langit yang tertutup jutaan bintang-bintang, kami mengisap keindahan alam, begitu dekat, begitu segar. Dan ketika warna pagi membentur udara dingin di sana, aku bukan lagi anak seorang sopir, aku adalah alam. Aku menjadi pagi. Ketika aku mengingat kembali kenangan ini, dingin udara Bromo memasuki pori-poriku, aku menghirup bau sulfur dan asap rokok yang aku isap.

Aku harus mengakhiri cerita ini karena udara malam di Kota Venesia semakin dingin, dan pelayan-pelayan restoran mulai membersihkan meja di samping kami.

"*You can not leave me*. Masih banyak cerita yang belum aku ceritakan."

Kami pun kembali ke hotel. Malam sepi. Udara mulai terasa dingin. Restoran-restoran mulai tutup. Hanya ada dua-tiga orang di jalan. Kututup jendela kamar. Tak ada cerita masa lalu lagi. Tapi pikiranku melayang pada orang-orang tercinta di Batu.

"Andai aku bisa membawa mereka semua ke sini, menikmati keindahan Venesia."

25

JALAN BARU

"Andai aku bisa membawa keluargaku menikmati keindahan Venesia."

Perasaan ini menggantung dan mengikuti selama liburanku. Tak hanya liburan di Venesia, tetapi juga liburan-liburan lainnya seperti ke Meksiko, Prancis, Jepang, Australia, atau Brazil.

"*Do I deserve this?* Uang sebanyak ini akan menjadi sangat berharga di Batu. *Gosh.*"

"*I think you deserve this vacation,*" celetuknya seakan membaca pikiranku.

Sebelum aku sempat menjawabnya, ia bangkit dari ranjang dan melanjutkan, "*I know you always send some money home before your vacations. And, you still feel guilty about it?*"

"*I think I do deserve this vacation,*" pikirku, meyakinkan diri sendiri. "*I need to see the other side of the world.* Aku tak ingin jadi katak dalam tempurung, di New York saja!" lanjutku, masih berdebat dengan batinku. Ia pun masuk ke kamar mandi, tersenyum, seakan mengikuti perdebatanku.

"*Ok, ok, what about this?* Uang sebesar ini bisa untuk membangun rumah di sana? Bisa untuk membeli motor atau mobil?" sambutku ketika ia keluar dari kamar mandi.

"*Still not sure?*" jawabnya singkat.

"*Well, what about this? I am still young. I need to explore the world and get new experiences? That would be priceless!*" aku mencoba meyakinkan diriku sekali lagi. "*Let's go explore Venice now!*"

Kami pun berjalan melalui gang-gang kecil, mendengarkan beberapa penyanyi tenor yang melantunkan lagu-lagu Italia dengan romantisme yang syahdu. Berdiri gagah di atas gondola. Setelah melewati butik-butik mewah, toko-toko suvenir, ratusan turis dari berbagai belahan dunia, restoran, *café-café* cantik dan orang-orang Italia yang sangat *stylish*, kami pun sampai di Piazza San Marco.

"*This is pretty amazing!*" Kami begitu takjub melihat kegagahan salah satu alun-alun seluas lapangan Gelora Bung Karno, Senayan, ini. Setelah terperangah beberapa menit, kami berkeliling melihat bangunan bersejarah yang mengelilingi *piazza* ini, mulai dari The Campanile, Basilica di San Marco, Museo Correr, sampai Torre dell'Orologio.

Setelah lebih dari tiga jam berjalan, kami mencari makan siang di sekitar San Marco Giardinetti, salah satu dermaga cantik di Venesia.

"Aku mau coba *Sarde in Saor*," katanya terbata-bata mengeja *Sarde in Saor*.

"*You can order anything but wine*," lirikku.

"*I knoooow!*"

Setelah makanan datang, ia pun mengingatkan aku lagi untuk melanjutkan cerita hidupku. "Sebelum aku pergi," katanya. Dan, inilah, cerita masa kuliah yang menemani makan siang kami.

Setelah menyelesaikan KKN, aku kembali ke Bogor untuk menyelesaikan skripsi. Pembimbingku adalah "orang besar" di jurusan Statistika, seorang statistikan yang tak hanya disegani di Indonesia, tetapi juga di Asia Tenggara. Bapak Andi Hakim Nasution. Guru besar Statistika dan Genetika Kuantitatif ini adalah pendiri jurusan MIPA di IPB dan pernah menjabat sebagai rektor IPB tahun 1978 sampai 1987. Tangan "besar"nya telah melahirkan intelek-intelek muda, yang tak hanya belajar ilmu statistika tetapi juga belajar tentang filosofi, semangat, dan keindahan ilmu. Beliau adalah inspirasi yang megah dan IPB tak akan pernah "sehijau" ini tanpa salah satu pahlawan besar di dunia pendidikan ini.

Menghabiskan masa-masa akhir kuliah bersama Pak Andi Hakim Nasution adalah salah satu momen yang mengubah hidupku. Pak Andi mengulurkan tangan "besar"-nya kepada mahasiswa-mahasiswa bimbingannya, seperti kakekku mememberikan terangnya lampu minyak di malam-malam yang dingin di rumah bambunya. Di sela-sela kesibukannya yang luar biasa, ia selalu menyempatkan datang ke perpustakaan, berdiskusi, membaca draft skripsi kami. Pak Andi tak hanya memberikan bimbingan dan merekomendasikan buku-buku penting dalam skripsiku, ia juga memberikankan jiwanya. Aku merasa bangga dan bersyukur, seorang "besar" seperti Pak Andi telah menjadi bagian dari hidupku. Seperti hamparan padi yang berbenturan dengan pantai-pantai di Bali, aku melihat keindahan dan kemegahan dalam dirinya.

Dengan tekad besar dan bimbingan Pak Andi, akhirnya aku bisa menyelesaikan skripsi dalam waktu kurang dari empat tahun. Di halaman pertama skripsi, aku ingin merangkum perjuangan yang aku tempuh dalam menyelesaikan kuliah ini. Di sudut kiri atas, aku menuliskan:

"*I can imagine if there's nothing in my pocket,*
But I can not imagine if there's no knowledge in my mind and religion in my heart.
They are my other suns in my life."

Dan di bagian kanan bawah:

"Dedicated to my father, mother, sisters and my tears that ever made the most beautiful line on my way here"

4 Oktober 1997 adalah salah satu hari yang paling indah dan paling menyentuh dalam hidupku. Sebuah perayaan hidup, sebuah kemenangan. Orangtua dan kakak pertamaku, Mbak Isa, datang ke Bogor untuk menghadiri wisudaku. Aku telah melalui ribuan senja, bertarung, mendayung perahu kecilku sekuat tenaga untuk hari ini. Aku berpamitan dengan kampus hijau ini, meninggalkan setiap tetesan airmata, keringat, kepedihan, kerinduan, setiap lembaran halaman buku statistik.

Pada hari itu ada sebuah kejutan besar untuk Ibu, Bapak, dan Mbak Isa. Sebelum acara inti dimulai, diumumkanlah wisudawan terbaik. Dari beberapa nama, tersebutlah namaku sebagai lulusan terbaik fakultas MIPA dengan IPK 3,52. Aku merasa melayang, maju ke depan panggung, untuk menerima penghargaan. Jantungku meledak, airmataku pecah. Aku tak sempat melihat wajah-wajah orang yang kucintai, yang duduk di belakang di sela-sela ribuan orang tua wisudawan. Tapi, aku bisa merasakan, apa yang mereka lalui. Mereka memasuki tubuhku, aku memasuki tubuh mereka. Begitu kuat, begitu haru.

Ibu, Bapak, Mbak Isa, Mbak Inan, Rini, dan Denok, terima kasih untuk cinta yang mengalir bagai gelombang-gelombang tanpa henti. Senja hari itu begitu indah dan aku menggengam warna jingganya.

"*Ok, that's enough now. It's 2 pm already. There's so much we need to explore here.* Ayo jalan!" Ia tak tampak capek meskipun kami telah berjalan lebih dari tiga jam sebelum makan siang ini.

Kugandeng tangannya. Kadang kucium keningnya di sepanjang perjalanan mengitari Venesia. Banyak kenangan yang tak akan bisa terlupakan, dan gondola-gondola akan membawa kenangan ini kapan saja aku memanggilnya.

26

DARI WARUNG MAS AGUS KE WISMA BANK DHARMALA

Let me tell you, dear reader. Dalam hidupku, ada misteri yang tidak bisa disampaikan di sini dan hanya kepada bocah kecil itu bisa kubagikan rahasia hidupku. Ketika aku bisa membagikan rahasia ini kepadanya, aku merasa terbebas, seperti gumpalan awan yang tersapu angin di puncak Gunung Arjuno.

And, let me tell you, dear reader. Mungkin, aku telah jatuh cinta kepadanya. Mungkin lebih dari jatuh cinta. Keluguannya yang putih dalam melihat dunia menyentuh hatiku yang paling dalam. Matanya yang segar dalam melihat hidupku seperti dua mata malaikat yang mengiringi jalanku ke depan. Mungkin, dialah belahan jiwaku.

Lastly, let me tell you, dear reader. Dialah yang menyelamatkan aku di sini, di tengah kesendirian yang mungkin bisa membunuhku.

Malam ini, aku menunggunya. Ingin sekali kubagikan cerita yang aku tulis dua hari yang lalu tentang secercah harapan di perjalanan hidupku.

Tidak ada yang menyangka, makan malam di warung Mas Agus malam itu menjadi awal dari perjalanan baru yang mengubah hidupku dan keluargaku. Seperti malam-malam biasanya, warung Mas Agus yang terletak di Jalan Malabar, tepat di atas daerah kos pertamaku di Tegal Mangga, penuh dengan mahasiswa yang datang untuk sambal pecel yang enak dan murah. Di antara mahasiwa yang datang malam itu ada kakak kelasku di jurusan Statistika, Mas Dindin Kusdinar. Saat itu ia telah bekerja di departemen Customized Research, Nielsen, Jakarta, sebagai Data Processing Executive, sementara aku sendiri sedang mencari-cari pekerjaan sambil menunggu upacara wisuda.

Sebelumnya, aku sudah mengirim beberapa lamaran yang informasinya aku dapat dari *Kompas* atau kampus. Aku ingin mendapatkan pekerjaan secepatnya untuk mengembalikan uang Lek Tukeri dan "membebaskan" keluargaku. Dari beberapa lamaran yang telah aku kirim lewat pos, aku dipanggil untuk mengikuti tiga tahap tes di Astra Internasional, tetapi akhirnya tidak berhasil lolos. Ada juga panggilan *interview* dengan salah satu *marketing research agency* yang baru memulai bisnisnya di Jakarta Timur tapi aku tak pernah mendengar hasil *interview* itu. Saat itu, kebetulan aku mendapatkan tawaran dari pihak kampus untuk menjadi staf pengajar di jurusan Statistika. Dengan gaji dosen yang pas-pasan di tahun-tahun pertama, aku mempertimbangkan kembali tawaran ini.

Malam itu, Mas Dindin, memberikan jalan besar yang tak aku sadari. Ia bercerita tentang pekerjaannya di perusahaan multinasional itu dan seluk-beluk *data processing executive*. Malam itu juga, aku memberikan surat lamaran pekerjaan kepadanya, meskipun lowongan untuk posisi seperti dia belum tentu ada. Hari demi hari, aku mencari-cari peluang di sana-sini.

Pada suatu pagi, aku mendapatkan pesan dari bapak kos, ada telepon dari Nielsen Jakarta untuk wawancara kerja. Berita yang sangat menggembirakan meskipun hanya panggilan wawancara. Aku berdoa. Aku menyuruh saudara-saudaraku berdoa. Semuanya, termasuk sahabatku Daus.

Pagi itu, bersama ratusan "eksekutif muda" di Terminal Baranangsiang Bogor, aku berangkat ke Jakarta menggunakan pakaian ala "eksekutif" ke kantor Nielsen, yang ternyata berada di salah satu gedung yang aku lihat di sepanjang perjalanan ke Blok M dulu itu, di sepanjang Jalan Sudirman. Memasuki kantor Nielsen adalah pengalaman pertama kalinya aku memasuki perkantoran di Jalan Sudirman, juga pertama kalinya aku memasuki sebuah kantor "executive".

Semuanya tampak begitu indah, bersih, dan "executive". Bapak satpam di lobi pun tampak begitu "executive".

Memasuki lantai 15, Mbak Yunita, resepsionis, menyambutku dan mengantarku ke kantor Mbak Yanti Nisro, Director Data Processing dan Management Information System. Kantornya tidak besar tetapi kelihatan begitu hangat. Mataku langsung tertuju ke kumpulan suvenir yang terpajang di rak belakang meja kerjanya, dari berbagai negara yang ia kunjungi. Di dalam kantor berdinding kaca ini, aku melihat sebuah perahu besar, sebuah inspirasi besar dalam hidupku.

Mbak Yanti yang berasal dari Semarang adalah lulusan Statistika IPB yang memulai karier di Nielsen Jakarta sebagai *data processing executive* juga. Prestasi profesional yang bagus tahun demi tahun mengantarkannya menjadi salah satu direktur paling muda di sana, di antara direktur-direktur lain yang sebagian besar ekspatriat. Mbak Yanti orang pertama yang aku temui di Jalan Sudirman. Kesuksesannya begitu segar, begitu besar, menjadikan Jalan Sudirman semakin dekat dengan mimpiku.

Dengan kehangatan, Mbak Yanti menyapaku bukan sebagai calon anak buahnya, tapi sebagai anak muda yang baru melepas toga wisuda. Yang baru melangkah di sekitar Jalan Sudirman, yang mulai mengejar mimpi. Sebelum dia "membuka" diriku, dia memperkenalkan diri, mengupas masa-masa kuliahnya di jurusan Statistika, bagaimana ia menjadi Mbak Yanti sekarang dan visi hidupnya sebagai seorang profesional juga personal. Keterbukaan dan kehangatan yang disuguhkannya menjadikan aku nyaman untuk "membuka" diriku, bahkan ketika kami harus berbincang dengan bahasa Inggris. Diterima atau tidak, bukan menjadi tujuan utama saat itu. Aku telah mendapatkan cerita besar, inspirasi segar dari seorang wanita yang kuat dan hangat.

Setelah kurang-lebih empat puluh lima menit, Mbak Yanti mengundang *senior manager* dari departemen Data Processing, Bapak Juliar Arfandi untuk bergabung bersama kami di kantornya. Bapak Juliar atau 'Babe' berumur sekitar 60 tahun. Ia membangun kariernya di Nielsen dari bawah selama puluhan tahun. Ketika Babe memasuki kantor Mbak Yanti, aku langsung merasakan kenyamanan dan ketenangan dari pembawaannya. Babe menyambutku seperti menyambut saudaranya, bukan anak kuliahan yang akan bekerja untuk timnya. Aku pun mengalir untuk "membuka diri". Aku merasa diterima dan sekali lagi, hasil wawancara tidak penting lagi bagiku. Karena Babe dan Mbak Yanti memberikan banyak bekal dari wawancara itu.

Langkah demi langkah, kutinggalkan Wisma Bank Dharmala siang itu. Aku merasa hidupku tak akan pernah sama lagi.

27

THIS IS NOT A LOVE STORY

Autumn.

What is this in a word? Gorgeous? No, it's not. It's beyond gorgeous. Pikirku melayang di tengah daun kering yang sedang berjatuhan. Sebelumnya, hanya dari buku atau film, aku membayangkan *autumn*, atau yang sering disebut dengan *fall* itu.

Daun-daun hijau berganti warna menjadi kuning muda, kuning keemasan, kuning tua, merah muda, merah tua, merah keemasan, oranye, cokelat muda, atau cokelat tua. Hanya sedikit daun hijau yang tersisa, tertimbun oleh warna senja *autumn*. Ranting pohon yang biasanya tertutup hijau daun kini mulai tampak, menjalar keluar seakan ada kelegaan, namun sepi. Beberapa pohon bahkan telah telanjang, kehilangan semua daunnya.

Terang sinar matahari menembus sela-sela daun yang tersisa di ranting, memecah warnanya menjadi ledakan yang cemerlang. Daun-daun tua berguguran tertiup angin, melambai-lambai seakan mengucapkan selamat tinggal untuk rumahnya, sebelum akhirnya jatuh di atap rumah, jalan beraspal, trotoar, air sungai, atau di atas rumput yang mulai kering. Terkadang angin membawa mereka terbang lagi untuk jatuh kembali. Tumpukan daun berwarna cokelat yang berserakan di atas tanah, menambah drama musim gugur.

Ada kesegaran yang terbawa ketika musim gugur menyapu udara panas yang tertinggal dari musim sebelumnya, *summer*. *Autumn foliage* dari ribuan pohon di atas lembah yang bergelombang membentuk lukisan alam yang indah dan misterius. Keindahannya menyembuhkan dan menangkap luka. Terbawa juga udara kegelisahan oleh daun-daun yang jatuh dari rantingnya. *Autumn* lahir sebagai pertanda datangnya musim dingin. Pertanda datangnya malam yang lebih panjang, udara dingin yang menusuk tulang. Taman-taman bermain akan ditutup sementara, tak ada lagi gemericik air dari pancuran. Selamat tinggal *sunblock*, *sun tanning*, celana pendek, dan sandal jepit. Pantai-pantai akan sepi kembali.

The long sobs
Of the violins
Of Autumn
Wound my heart

With a monotonous
*Languor**

Isak panjang
Dari biola
Musim gugur
Melukai hatiku
Dengan kehampaan tanpa jeda.

8 *Autumns*.

Selalu ada keindahan baru yang aku temukan di antara keemasan daun yang akan jatuh ke tanah. Ada gelombang rapuh yang mengayun di sela-sela ranting yang mulai gersang.

"Hey... *it's me*. Aku udah sampai di JFK *airport* ya!" suaranya yang kutunggu-tunggu memecah kesunyian kantorku.

Di tengah keramaian New York City, di antara ribuan gedung pencakar langit, jutaan watt lampu malam, bar, restoran atau klub malam, di tengah kegersangan di sudut hati, ia datang pada suatu hari di musim gugur kedelapan.

---

*Kutipan dari puisi "Autumn Song" karya Paul Verlaine diambil dari Wikipedia. Judul asli "Chanson d'automne", terbit 1866. Terjemahan bahasa Indonesia oleh Iwan Setyawan.

Kalista, biar kupanggil dia demikian. Kami bertemu melalui situs Facebook kurang lebih setahun yang lalu. Dari album fotonya, aku menemukan keindahan. Bukan hanya dari wajahnya tapi juga refleksi jiwanya, melalui kota-kota yang pernah ia kunjungi. *Very well-travelled*, pikirku. Tak hanya kota-kota kecil di Asia Tenggara atau Eropa yang pernah ia kunjungi. Foto-fotonya di Kathmandu atau di salah satu lereng Himalaya justru menarik perhatianku. Tak banyak orang Jakarta yang pergi ke tempat itu. Ada beberapa fotonya sedang berpesta di Jakarta, tapi lebih banyak foto bersama keluarga dan anak-anak. *A little good sign*, pikirku. Dari beberapa status yang ia tulis di *wall*-nya, ada sesuatu tentang dirinya. Ada sesuatu yang membuat dia sering hadir di lamunanku. Dan setelah berkorespondensi lewat beberapa e-mail, daun kecil itu semakin tumbuh di hatiku.

"*Okay, why don't you wait for me in one of those cafe in Spring Street. Unfortunately, I still have to finish my work*. Cepet kok. *Sorry*, ya." Aku kemudian memberikan petunjuk ke SoHo.

"*Can't wait to see you!*" katanya singkat mengakhiri perbincangan di telepon. Aku tersenyum sendiri di kantorku. *Can't wait to see you too*, pikirku. Aku segera menyelesaikan pekerjaan kantor.

"*Gosh, look at you! I am so happy to finally meet you here!*" Aku tak bisa menutupi kegembiraanku. Dia sedang menikmati *latte* dan tak terlihat letih sama sekali di kunjungan keduanya ke New York ini. Malam itu, kami makan malam di salah satu restoran Thailand favoritku di Bleecker Street, hanya empat blok dari apartemenku. Perbincangan mengalir begitu saja, aku seperti sudah mengenal dia, bertahun-tahun.

"*I love autumn in Central Park*. Aku ke sana tiga tahun yang lalu. *It was so beautiful.*" Matanya yang teduh menembus mataku. *Some of you might know how it feels when eyes talk to you*. *Scarf* hitam membalut leher putihnya. Kilau wajahnya menyirami daun kecil di hatiku. Hampir tiga jam kami berbicang tentang pengalaman *travelling*-nya, keluarga, kerja, makanan favorit, *fashion*, buku, sampai *environmental issues*.

"Okey. Pasti kamu sudah pernah ke Statue of Liberty, Times Square atau tempat-tempat turis yang ramai itu. *Shall we go to Central Park this morning*?" tawarku keesokan harinya.

"*You don't need to ask me for that. That's my plan for today.*" Senyumnya membuat aku jatuh seperti daun kering yang beterbangan di sepanjang Bedford Avenue.

Setelah keluar dari *subway station* di Fifth Avenue, kami langsung menuju kolam kecil di sudut selatan Central Park, dekat Plaza Hotel. Kami duduk sebentar di sana menikmati *autumn foliage*, sambil minum *chai tea latte* hangat. Gedung-

gedung pencakar langit menjadi latar belakang yang sangat kontras di balik rimbun pepohonan di sekitar kolam.

Autumn di Central Park tak pernah seindah ini. Bersamanya.

Taman di tengah Manhattan ini tak seramai di musim panas. Beberapa orang berlari di *jogging track*. Kuda-kuda menarik kereta, mengantarkan turis-turis berkeliling taman. Musisi bermain biola, *cello*, atau *saksofon* mengiringi daun-daun yang berguguran di sepanjang The Mall Central Park. Kami berjalan menuju Bethesda Terrace, yang menghadap The Lake, danau kecil di tengah Central Park. *Scarf* abu-abu melingkar di lehernya. Wajahnya tak ber-*make-up*, se-segar musim semi. Matanya sedikit sipit, hidungnya tak seberapa mancung, alis tipisnya tertata rapi, tulang pipinya sedikit menonjol, tak seperti kebanyakan tulang pipi orang Indonesia. Ada sedikit kegelisahan yang kutangkap di wajahnya. Rambut sebahunya diikat seadanya. Beberapa helai anak rambut tergerai tersapu angin.

"*Why don't we take a pic? Two of us. Here.*"

Aku tak membawa kamera saku Olympus-ku dan meminta tolong orang untuk memotret kami dengan iPhone. Kami berdiri di pinggir danau kecil. Beberapa orang mendayung *boat* kecil mengelilingi danau. Warna *autumn* membisikkan romantisme. Kulit lengannya lembut menyentuh kulit lenganku. Kuberanikan diri menyentuh tangannya. Ia membalasnya. Warna *autumn* di hatiku meledak.

Selama delapan hari ia di New York City, enam hari ia mengunjungi Central Park bersamaku. Kadang pagi sekali, ketika taman ini masih sepi, ketika suara burung masih ramai terdengar. Atau pada sore hari, menunggu *autumn foliage* menangkap warna senja. Delapan hari, lewat jalanan di New York City, ia menyirami daun kecil di hatiku. Meskipun tak ada kata "cinta", aku bisa merasakannya lewat setiap daun yang berguguran sepanjang The Mall Central Park.

"*Thank you for visiting me. You have no idea how happy I have been. I will miss you,*" kataku sebelum ia memasuki *gate* pesawatnya.

"Sama. *I had a blast. Thanks to you! I will miss you too.*" Itu ucapan terakhirnya.

Tak ada *I love you*. Tak ada *good bye*. Hanya *I will miss you*. Kalista pulang ke Jakarta.

Beberapa bulan kemudian, aku pulang ke Indonesia untuk liburan dan berharap untuk bertemu dengan Kalista. Namun aku tak menjumpainya. Ia harus pergi ke San Francisco untuk urusan pekerjaan yang mendadak. Central Park, di *autumn* yang kedelapan adalah pertemuan pertama dan terakhir dengannya sampai saat ini. Kalista sekarang tinggal di London, meneruskan sekolahnya. Aku menunggu, ia menunggu. Daun kecil di hatiku masih sesegar yang dulu. *But, long distance relationship is never easy. Love is never easy, here in New York City.*

Kami berteman baik sampai sekarang dan tak tahu ke mana masa depan akan membawa daun kecilku, daun kecilnya.

28

PENDAKIAN PERTAMA

Dua hari yang lalu, aku menuliskan sebuah surat untuk Ibu yang aku kirim lewat e-mail adikku. Ini adalah kejutan besar dari New York untuknya.

From: "I.S." <I.S***.yahoo.com>
To: "Mira Fatmawati" <Mira***.gmail.com>
Subject: Surat buat Ibuk.

Mira, tolong print e-mail ini dan kirim ke Ibu ya. Jangan baca loh ☺

Ibuk tercinta,
Semoga baik-baik semua yah di rumah.

Buk, aku nggak mau nulis surat panjang-panjang karena aku tahu, Ibu bakal males baca. Lagian aku tiap hari juga telpon. Begini Buk, aku tuliskan berita ini lewat surat, karena aku ingin mengenang hari ini untuk selamanya. Ini adalah momen besar untuk kita semua, untuk rumah kecil kita.

Begini Buk, kemarin ada pengumuman di kantor. Beberapa orang dipromosikan dan salah satunya adalah aku. Anakmu ini dipromosikan jadi Director Internal Client Management. Opo iku? Entar aku telpon jelaskan. Pokoke iki gede Buk. Aku diberikan kepercayaan yang lebih besar di kantor ini.

Setelah 8 tahun di New York, Buk, setelah ingin pulang tiap tahunnya, promosi ini lebih dari mimpiku, mungkin lebih dari mimpi kita semua digabung jadi satu. Doakan biar lancar yah, Buk. Kalo sempat, bikin nasi kuning buat syukuran.

Yo wis, gitu ajah yah. Salam buat semua.

With all my heart,
Anakmu (yang dulu sering kau bilang durhaka)
New York, January 2008

P.S: Tolong sampaikan tulisan di bawah ini untuk Mbak Isa, Mbak Inan, Rini, juga Bapak. Aku hanya ingin berbagi cerita, bagaimana aku memulai hidupku setelah lulus dari IPB. Semoga tulisan ini bisa dibaca anak cucu kita kelak. Dan oh, tolong sampaikan juga, kalo aku sekarang udah jadi direktur di New York loh ☺

Akhirnya berita itu datang. Beberapa minggu sebelum wisuda, Jalan Sudirman memanggilku. Aku kembali merasakan tetesan air hujan di kepalaku, di depan rumah kecilku, bersama Bapak tercinta. Aku basah kuyup, berteriak, dan "lepas". Makan malam di warung pecel lele Mas Agus malam itu mengantarkan aku ke Wisma Bank Dharmala di Jalan Sudirman! Jalan Sudirman yang aku bawa ke mana-mana semenjak perjalanan pertamaku ke Blok M. Aku segera meminjam uang ke Mbak Isa untuk membeli tiga baju kerja, dasi, uang makan siang, dan transpor Bogor-Jakarta selama bulan pertama.

Selamat pagi Kota Bogor! Aku memakai baju kerja baru yang licin dan menjadi "laki-laki" dengan dasi di tasku. Setelah menghabiskan secangkir kopi instan dan sebatang rokok Sampoerna, aku menuju Terminal Baranangsiang. Aku berbaur dengan ratusan orang yang sebagian besar berpakaian "executive", yang mengejar bis ke Jakarta. Sepanjang Tol Jagorawi, sepanjang jalan-jalan di Jakarta, aku melihat halaman kecil di depan rumahku, ranjang bambu dan setiap wajah yang berada di bawah rumah kecil di Gang Buntu itu. Aku melihat semuanya mengiringi perjalananku di hari kerja pertama ini. Setelah turun di depan Gedung MPR, aku berganti bus kota, terjepit di tengah-tengah penumpang yang naik, turun, melompat, bergelantungan di bus ini ke arah Jalan Sudirman. Baju licinku berkerut, keringat bercucuran, tapi aku menikmati semuanya karena perjalanan ke depan begitu menjanjikan. Selamat pagi Kota Jakarta!

Memasuki lantai 15 di Wisma Bank Dharmala tidaklah semudah yang aku bayangkan! Butuh keberanian dari seseorang yang besar di bawah Gunung Panderman, dari seorang anak sopir. Ada empat orang "executive baru" yang memulai kerja hari itu. Ketiganya berasal dari Jakarta dan sekilas, aku melihat diriku begitu berbeda. Begitu "kecil", begitu "sendiri". Aku tak selincah mereka, aku tak sehangat mereka. Tapi aku selalu memberanikan diri, aku ingin makan di meja yang sama dan bisa mengerti bahasa mereka.

Teman kerja di Data Processing dan MIS sendiri menyambutku dengan hangat, sangat hangat. Sementara, aku masih begitu kaku, belum lepas. Pak Juliar, Mbak Nora, Mbak Istu, Mas Dindin, Mas Yanuar, Mas Rishad, Mas Bowo, dan Mas Ridwan, yang sebagian besar berasal dari Jakarta, terlihat begitu dekat satu sama lain. Kami selalu pergi makan siang bersama, kecuali Mbak Nora yang selalu membawa makan siang sendiri. Dari Wendy's di gedung sebelah sampai Sate Setengah Lima di belakang kantor WTC. Dari makan siang, dari diskusi yang serius, lucu, pintar, dan tak jarang juga jorok, aku mulai mengenal mereka satu per satu dan mulai tumbuh ikatan yang lebih dari sekadar rekan kerja. Sebuah ikatan kuat yang terbawa sampai sekarang. Mereka adalah keluarga baruku yang lahir di Jalan Sudirman. Aku mulai menjadi kuat dan mengenal "laki-laki" baru dalam tubuhku.

Setelah mendapatkan beberapa *training* dari beberapa rekan kerja, aku mulai memasuki dunia profesional dan mempelajari seluk beluk *data processing*. Dengan fokus dan kerja keras, aku mulai menikmati pekerjaan pertamaku ini. Tak jarang, aku berada di kantor lebih lama daripada teman-teman yang lain untuk belajar, mengejar ketinggalan atau mempersiapkan pekerjaan supaya bisa diselesaikan sebelum jadwal. Semua aku lakukan karena aku tak ingin menjadi biasa saja, aku ingin memberikan yang terbaik, dan "berbeda" dari orang lain. Aku bahkan pernah di kantor sampai tengah malam atau harus datang saat akhir pekan karena jadwal presentasi yang ketat atau tuntutan *client* yang ingin mendapat hasil *research* secepatnya. Semua aku lakukan dengan semangat, dengan kelapangan hati. Aku ingin memberikan yang terbaik untuk orang-orang yang bekerja dengan diriku. Rasa sedih atau tertekan hanya muncul ketika aku membuat kesalahan atau tidak berhasil menyerahkan hasil kerja tepat waktu. Aku selalu berusaha menghindari kesalahan ini dengan kerja keras!

Selain mempelajari beberapa teknik untuk menganalisis data, aku mulai mempelajari manajemen, gaya kerja, dan bagaimana berinteraksi dengan rekan kerja atau *client*. Bagiku, lebih mudah untuk mempelajari teknik menganalisa data daripada menempatkan diri di dalam jaringan orang-orang. Aku sering merasa kikuk, "bisu" di tengah rekan kerja lain, dan hanya menyimpan segala ide di kepala. Pada masa kecilku, kami banyak diam, tak banyak mengeskpresikan diri kami.

Tapi aku tak mau berhenti di sini! Apa arti sebuah ide yang hanya menggantung di kepala atau sebuah kerja keras tanpa menjalin hubungan yang baik dengan rekan kerja dan *client*. Kadang aku merasa "berbeda" dan ingin sendiri saja, tapi aku tak ingin merusak masa depanku. Aku terus berjuang melawan perasaan ini dan terus belajar untuk berinteraksi dengan orang lain. Mbak Yanti adalah sumber inspirasi. Dengan gayanya yang luwes, beliau bisa menjangkau semua sudut kantor, dari satpam sampai dengan *managing director*. Energi yang positif dan kehangatan bisa dirasakan dari setiap rapat dengan beliau. Sementara itu, beberapa anak-anak dari Client Service/Researchers, departemen lain di Nielsen, yang sebagian adalah lulusan luar negeri, terlihat lebih percaya diri dan "lepas". Aku selalu berusaha berdamai dengan masa laluku dan terus berusaha menjadi bagian dari dunia kerja ini. Setara dengan mereka.

29

KEBUN PALA

Tak banyak lagi yang bisa kuceritakan dari hidupku. Ia mungkin akan segera pergi. Ini salah satu pertemuan terakhirku dengannya.

Brooklyn Heights, musim panas, 4 Juli 2009. Delapan tahun sudah semenjak peristiwa penodongan di jembatan di atas Stasiun Fleetwood. Aku semakin mengenal dia. Aku semakin mencintai dia. Aku semakin takut kehilangan dia.

Seperti 4 Juli di tahun-tahun sebelumnya, kami selalu menyempatkan waktu berdua untuk melihat pesta kembang api dan mengenang kembali pertemuan 4 Juli 2001 lampau. Tahun ini kami mengenangnya di *promenade* Brooklyn Heights, salah satu tempat favoritku di New York City yang memiliki pemandangan spektakuler. Dari seberang Hudson River, kami bisa melihat *downtown* Manhattan begitu dekat. Dari sana terlihat Brooklyn Bridge, Manhattan Bridge, Empire State Building, dan ratusan gedung di Midtown Manhattan.

Memandang senja di balik Patung Liberty di akhir pekan. Membaca karya-karya Dostoevsky pada musim semi atau musim gugur. Memandang jutaan lampu dari ratusan, mungkin ribuan gedung di Manhattan. Meditasi, membiarkan angin membawa terbang melankoli diri. Berdamai dengan diri sendiri, melepaskan gundah atau beberapa rahasia hidup. Semua itu momen-momen yang tak bisa kulupakan di sana.

"*Now, what are you doing? Talk to me something,*" protesnya melihat aku melamun cukup lama di tengah orang-orang yang mulai berbondong-bondong memasuki area *promenade* Brooklyn Heights.

"*You are not going to leave me alone, are you?*" Aku mulai gelisah, karena ia semakin jarang menemuiku akhir-akhir ini.

"*You are now much stronger than you were eight years ago!*"
"*What are you talking about?*" kilahku.
"*I should go. You should let me go.*"
"*No,*" jawabku singkat.

Pengunjung semakin banyak, berdesakan, padahal pesta kembang api baru dimulai satu jam lagi. Kami beruntung mendapatkan tempat terdepan.

"*I think you still have few stories that you'd like to share and hey, we have still an hour here, standing, doing nothing!*" pintanya.

"Oke, aku punya satu cerita untukmu, kenanganku di Jakarta. *But promise, you can not leave me alone.*"

Ia tidak menjawab dan aku memulai ceritaku.

Malam itu, setelah mendapat gaji pertama, aku menelepon Ibu, "*Ibu, wis tak transfer yo, gak akeh sik*. Ibu, sudah aku transfer, tapi nggak banyak."

Aku keluar dari wartel Internusa. Hatiku pecah, air mataku menetes, aku bahagia. Aku melihat laut lepas di depan Bagunde dan aku hanyut di dalamnya, begitu ringan. Seumur hidupku, aku menunggu momen itu. Merasakan keindahan berbagilah yang mengubah hidupku untuk selamanya.

Setiap akhir bulan, aku menyisihkan sedikit gajiku untuk rumah kecilku. Selain untuk orangtua, aku membuka tabungan untuk adik-adikku, Mira dan Rini, sehingga bisa langsung mengirimi mereka juga. Bulan demi bulan, transfer demi transfer, kepercayaan diriku mulai tumbuh. Aku semakin nyaman dan serius dengan pekerjaanku. Semakin besar keinginan untuk mengejar mimpi masa kecilku, membangun kamar tidur untukku. Aku ingin melepas malam di sana, sendiri.

Setelah satu tahun, aku memutuskan untuk meninggalkan Bogor. Selain aku sering kerja lembur, aku ingin merasakan hidup di Jakarta. Berkat bantuan rekan-rekan di kantor, aku menemukan sebuah kos di Kebun Pala II, Tanah Abang. Daus dan beberapa teman kos di Bogor mengantarkan aku ke tempat kos baru. Akhirnya, aku punya kamar sendiri! Di Kebun Pala, aku menemukan teman-teman baru. Aku berbaur dengan orang Jakarta. Aku hidup di Jakarta!

Sebagai seseorang yang baru memulai karier di Jakarta dan tinggal di daerah Tanah Abang, aku merasakan Jakarta tidak bersahabat tapi dinamikanya telah mematangkan jiwa mudaku, memunculkan "laki-laki" di diriku. Biasanya aku berkeliling Jakarta pada hari Sabtu. Pada hari Minggu, aku berlari pagi di Senayan dan sarapan di sana. Aku mulai lincah naik-turun dan meloncat dari satu bus kota ke bus kota yang lain. Sementara aku kurang begitu tertarik dengan hiburan malam di Jakarta. Hanya beberapa kali dalam setahun ke Hard Rock Cafe atau tempat hiburan malam lainnya. Aku tidak terlalu menikmatinya. Di tengah keramaian itu aku sering merasa asing, sepi, dan sendiri.

Aku mulai mengenal Jakarta, membencinya, mencintainya, membencinya, dan mungkin akan begitu terus.

"Hey look!! It starts now!"

Ceritaku pun terhenti seiring sorak ramai pengunjung menyambut petasan kembang api di udara. Warna-warninya meledak di udara, di depan ribuan lampu yang menyala di ratusan gedung di *downtown* Manhattan.

Kugenggam erat tangannya dan kenangan warna-warni bersamanya selama delapan tahun meledak di benakku.

30

DARI SEPANJANG JALAN SUDIRMAN

Pesta kembang api berlangsung selama kurang-lebih 30 menit dan diakhiri dengan tepukan meriah dari semua pengunjung.

"*Thank you for taking me again this year*, terima kasih untuk ceritanya. *It's beautiful nite. A little melancholic.*

"*I think you should also share your experience to your nieces and nephews. Write a story to them. Share some inspiration!*" lanjutnya.

Sebelum berpisah, di depan stasiun *subway*, aku kecup keningnya. "*Don't leave me. Don't even think about it,*" bisikku.

Sampai di apartemen, aku langsung mengetik surat untuk keponakan-keponakanku tercinta:

Dearest pendekar-pendekar cilik,

Daanii, Ciul, Alya, Arie, Ridho, dan Ayu

Mungkin, surat ini tak akan kalian baca saat ini. Mungkin baru ketika kalian menginjak SMP atau bahkan SMA. Om cuma ingin membagikan pengalaman Om bekerja di Nielsen Jakarta. Mungkin kelak ada yang berguna buat kalian.

Dan perlu kalian tahu, semua perjuangan ini tak lepas dari doa dan dukungan dari ibu kalian. Mereka adalah orang-orang kuat yang mencintai saudaranya dengan begitu besar, begitu tulus. Bahagiakanlah mereka.

Oke, inilah sebagian cerita Om:

Di perusahaan multinasional ini, aku mulai melihat dunia luar. Aku mulai berinteraksi dengan rekan-rekan kerja kantor Nielsen di luar negeri, seperti Malaysia, Hong kong dan Singapura. Aku mulai menyegarkan bahasa Inggrisku kembali, mempelajari bagaimana menulis e-mail yang cerdas dan bagaimana berkomunikasi lewat telepon "*This is Iwan! How are you doing today?*". Selain banyak belajar dari e-mail-e-mail yang dikirim Mbak Yanti, aku juga belajar dari e-mail anak-anak *Client Service* yang sering menyisipkan bahasa Inggris gaul di e-mail mereka. "*Whazzup, bro!*". Minggu demi minggu, bahasa Inggrisku pun mulai membaik.

Mbak Yanti melihat semangatku untuk belajar dan mengirimku mengikuti kursus bahasa pemrograman di Kuala Lumpur, Malaysia. Pengalaman ke luar negeri pertamaku!

Paspor pertamaku, hotel pertamaku, pesawat terbang pertamaku! Perjalanan yang tak pernah aku impikan di ranjang bambuku. Aku begitu "kikuk" melalui pengalaman baru itu. Dari Bandara Soekarno-Hatta sampai dengan *check-out* hotel di Kuala Lumpur. Aku melangkah pelan-pelan dan mencoba mengerti semua prosesi ini. Aku melihat, mendengar, dan menikmati pengalaman yang berbeda itu. Sepulang dari Malaysia, tak hanya mendalami bahasa pemrograman dan membawa pulang beberapa suvenir, aku membawa lukisan besar tentang sebuah negeri tetangga, tentang "luar negeri". Ada gairah baru, "laki-laki" dalam diriku semakin dewasa, langkah kakinya semakin kuat.

Aku semakin nyaman dengan pekerjaanku dan mulai "masuk" dengan kehidupan Jakarta. Mbak Yanti melihat kemampuan kerjaku dan mulai memercayaiku untuk mengolah data dari negara lain, sesuatu yang belum pernah kami lakukan sebelumnya. Keberanian Mbak Yanti yang sempat terlihat "nekat" saat itu, menjadi inspirasi besar di kemudian hari. Ia memberikan tantangan baru di depan ketakutanku yang besar. Aku bekerja "gila-gilaan" untuk membuktikan bahwa aku bisa mengerjakan sesuatu yang baru, yang tidak mudah ini. Aku menantang diriku sendiri. *Project* pertama yang aku kerjakan datang dari Nielsen Singapura. Berkat kerja keras dan bantuan dari rekan-rekan lain di Data Processing (DP), aku bisa menyelesaikan pekerjaan ini sebelum jadwal yang ditentukan. Rekan kerja di Singapura sangat terkesan dengan pekerjaanku. Dengan pujian dan dorongan dari mereka dan Mbak Yanti, aku menjadi lebih semangat, ingin melakukan sesuatu yang lebih "besar".

Setelah sukses dengan *project* Singapura, tantangan baru yang lebih besar ditawarkan Mbak Yanti. Kali ini dari Nielsen Hongkong! Kami diminta untuk mengolah data untuk departemen Media. Tak satu pun dari kami pernah mengolah tipe data seperti itu. Kami sempat berpikir, ini bukanlah ide yang cemerlang, sedikit gila. Dengan kerja keras luar biasa di antara *project-project* dalam negeri lainnya, aku mencoba menyusun kekuatan bersama rekan-rekan di DP untuk menyelesaikan pekerjaan yang kompleks ini. Aku datang lebih pagi dan keluar kantor lebih malam. Hari-hari itu, semangat kerja dan rasa putus asa datang silih berganti. Pekerjaan ini terbawa sampai kamar kos, sampai angkot yang membawaku dari Tanah Abang ke Sudirman, atau di gagang telepon ketika aku berbincang dengan Ibu.

Setelah beberapa hari yang melelahkan, akhirnya aku dan tim DP berhasil menyelesaikan pekerjaan itu. Rekan kerja di Hongkong tak hanya puas dengan kemampuan kami untuk mengirimkan hasil pekerjaan tepat waktu, mereka juga menghargai kualitas yang bagus. *Project* lain pun berdatangan setelah itu. Namaku dikenal tak hanya di Nielsen Indonesia, tapi juga di Nielsen HK. Aku dan rekanku, Nora Marissa mendapatkan penghargaan Employees of The Month Nielsen, sebuah penghargaan yang jarang-jarang diterima orang-orang Operations di Nielsen Indonesia. Aku menjadi laki-laki baru di sini.

Setelah dua tahun di Nielsen, aku memutuskan untuk melihat cakrawala baru, tantangan baru. Aku ingin menggapai sesuatu yang baru dan tumbuh. Kebetulan saat itu, aku mendapatkan informasi menarik tentang peluang kerja baru dari teman kuliah di IPB. Setelah mengirimkan aplikasi dan lolos mengikuti beberapa *interview*, aku diterima sebagai data analis di Danareksa Research Institute. Teman-teman dekat di Nielsen, membuatku menangis di hari terakhirku. Aku meninggalkan Nielsen ke kantor baru yang masih terletak di sepanjang Jalan Sudirman dengan hati yang lebih besar, dengan harapan baru, menjadi laki-laki yang lebih besar.

Setelah bergabung dengan Danareksa, aku masih menyempatkan mampir ke kantor Nielsen sehari atau dua hari dalam seminggu untuk membantu tim Data Processing mengerjakan proyek-proyek luar negeri. Aku bekerja sebagai konsultan setelah jam kerja di Danareksa. Aku ingin memberikan sesuatu ke tempat yang telah membesarkanku, tempat kelahiran karierku.

Di Danareksa aku bekerja bersama Bapak Damhuri

Nasution, kakak kelas dari Statistika IPB yang menjadi manajer baruku. Kami bekerja sebagai tim yang menganalisis dan membuat model data-data perekonomian makro. Dengan kesabaran dan gayanya yang sangat bersahaja, Pak Damhuri menyiramiku dengan pengalaman dan pengetahuannya yang luar biasa. Di sini pula aku berkesempatan bekerja dengan ekonom handal, Bapak Raden Pardede, yang juga menjadi inspirasi besar buatku. Aku sangat menikmati perkerjaan di kantor yang "mewah" ini. Hingga kuterima sebuah e-mail dari rekan kerjaku di Nielsen Indonesia....

Demikianlah cerita Om untuk saat ini. Om sudah ngantuk.

Big hugs,
Om Cii

P.S. Setelah kalian baca surat ini, peluk ibu kalian. Bahagiakan mereka. Bahagiakanlah mereka.

"And do you know, do you know that mankind can live without the Englishman, it can live without Germany, it can live only too well without the Russian man, it can live without science, without bread, and **it only cannot live without beauty,** for then there would be nothing at all to do in the world! **The whole secret is here**, the whole of history is here. Science itself would not stand for a minute without beauty."

Dostoevsky's

Demons

31

"ATI IS LOOKING FOR YOU!"

"*Are you crazy?*" Matanya sedikit melotot melihat harga sepatu Gucci yang akan kubeli. "*Oh my god! Are you out of your mind?*" protesnya berlanjut.

"*Sttt, calm down. This is Barneys. We are not at home!*" Kucoba menenangkannya sambil mencoba sepatu baru itu. Meskipun banyak pengunjung pada akhir pekan, Barneys masih menjadi tempat nyaman untuk belanja. Salah satu tempat perbelanjaan paling atas di Manhattan ini tidak seramai tempat perbelanjaan lain seperti Macy's, Saks Fifth Avenue atau bahkan Bergdorf Goodman yang sekelas dengan Barneys. Di tempat berlantai sembilan ini tersedia koleksi dari hampir semua *top designers* dunia, seperti Thom Browne, Bottega Veneta, Chanel, Dior, Yves Saint Laurent, Derek Lam, Band of Outsiders, Phillip Lim dan masih banyak lagi. *You name it!* Penataan rak-rak dan koleksinya begitu elegan, lapang, berharmoni dan tidak berteriak. Meskipun *luxurious*, Barneys masih terkesan "hangat", tidak sombong. Aku tentu ke sini sesekali saja.

"*I think I should go now!*" Ia sudah tak sabar ingin keluar dari Barneys di Upper East Side, Manhattan ini.

"*Hey, little man. This is not about Gucci, seriously. I just couldn't find shoes in my size anywhere else*. Lagian, aku barusan dapat bonus *and I'll send it all home. Do I still not deserve this?*" aku mencoba jelaskan. "Aku juga tidak beli sepatu tiap tahun," tambahku.

"*This is not about Gucci. Forget Gucci. This is about a good shoes and art. I love beauty! Have you touched these shoes? Do you notice how beautiful the shape is? What about the leather?*" aku coba jelaskan lagi.

"*Whatever! I think I should really go now!*" Belum pernah ia tampak marah seperti ini.

"*Wait!* Jangan marah di sini," pintaku sambil membayar sepatu itu dengan nekat.

Mukanya cemberut sepanjang perjalanan meninggalkan Barneys menuju Central Park. Aku tak bisa lagi menjelaskan kenapa akhirnya membeli sepatu Gucci itu. Ia diam sepanjang perjalanan.

"*Do you want ice cream?*" tanyaku

"*Nope. I don't like ice cream!*" masih dengan muka cemberut ia menjawab.

"*What about if I tell you a story.* Bagaimana aku bisa sampai ke New York ini? *I think you'll like it better than ice cream?*"

Ia diam saja dan aku anggap sebagai iya.

"*I know you are very upset and might not listen to it. But, here's the story.*"

Hari itu tak jauh beda dengan hari-hari biasanya. Setelah secangkir kopi instan dan dua batang rokok Sampoerna, aku melangkah keluar Kebun Pala II. Biasanya, aku bertemu dengan beberapa anak-anak muda di sepanjang gang, yang selalu memberikan pujian, "Pak Iwan, Pak Iwan, kecil-kecil udah kerja nih. Wah, hebat neh Pak Iwan."

Dengan dasi yang terlipat rapi di dalam tas kerja, aku menyusuri daerah Tanah Abang menuju Sudirman dengan angkot warna biru muda. Setelah berganti bus kota di depan Hotel Le Meredien, aku meluncur menuju kantor baruku di Plaza Bapindo. Sesampai di gedung mewah ini, aku langsung ke toilet, membasuh keringat, dan memakai dasiku. Kopi pagi telah tersaji di meja kerjaku. Setelah berbincang-bincang kecil dengan beberapa rekan kerja, aku memulai hariku di depan komputer, bermain-main dengan angka dan sesekali menelepon Ibu. Tak ada yang istimewa hari itu, semua berjalan seperti hari-hari biasanya. Selesai makan siang, aku memerima sebuah email dari Fidi Sjamsoedin, salah satu rekan kerja sewaktu bekerja di Nielsen Jakarta. Di baris pertama e-mail itu, "*Ati is looking for you!*".

Ya, e-mail "*Ati is looking for you!*" menyapaku siang itu dan hidupku tak akan pernah sama lagi. Mbak Nurati Sinaga adalah manajer Mas Fidi di Departemen Customized Research. Aku hanya mengenalnya di bulan-bulan pertama saat bergabung dengan Nielsen Jakarta. Seperti halnya Mas Fidi, Mbak Ati juga lulusan dari Amerika dan aku dulu begitu segan untuk mendekati anak-anak lulusan luar ini. Aku hanya berbicara dengan mereka melalui hasil kerjaku, memberikan yang terbaik dan menjadi orang yang enak diajak kerja. Aku hanya sedikit mengenal Mbak Ati secara pribadi tapi banyak mendengar tentang prestasi kerjanya. Mbak Ati terlihat begitu besar di mataku.

"*Ati is looking for you!*" siang itu membuat aku melamun jauh. Mbak Ati yang sudah pindah ke Nielsen International Research di New York mencariku. Mungkin ia akan memberikan *project* untukku di Jakarta, mungkin ia ingin menanyakan seluk-beluk pengolahan data, mungkin ia ingin menanyakan pekerjaan yang dulu aku kerjakan untuknya, mungkin, mungkin dan mungkin. Hingga akhirnya, aku menerima e-mail dari Mbak Ati sendiri.

Kabar yang ia bawa begitu besar! Begitu menyilaukan. Aku hanya menatap monitor komputer. Tak berpikir, hanya melamun, melayang ke mana-mana. New York begitu jauh, tak hanya jutaan kilometer di belahan lain bumi ini, tapi ide "New York" itu sendiri tak pernah terjangkau oleh impianku. Aku tak pernah berkeinginan ke New York, tak pernah terlintas di bayanganku. New York terlalu indah, jauh, dan besar. New York bahkan tak pernah hadir dalam mimpiku. Kini, Mbak Ati mencariku dan menawarkan pekerjaan sebagai *data processing executive* di New York. Kabar ini terlalu besar dan aku tak tahu bagaimana bisa mempercayainya.

"*Are you still upset now?*" Ia hanya diam seperti tak menghiraukanku. Matanya menerawang ke danau kecil di salah satu sudut Central Park. Aku elus rambutnya dan ada rasa bersalah yang tak bisa aku mungkiri.

This is not about Gucci. Forget Gucci, seriously. Aku hanya tak bisa menemukan sepatu yang pas di kakiku. Aku telah coba mencari, di sana-sini, kataku dalam hati, seraya memeluknya. Ia diam. Mungkin sedikit mengerti sekarang.

"*I wasn't upset. I was just disappointed. How sad to see how much money you spent*," katanya, seperti mewakili ibuku.

32

WHAT? NEW YORK!

"*There's no words can describe how spectacular it was to be here for the first time, five years ago,*" kataku di depan pancuran air Lincoln Center di Upper East Side Manhattan.

"*This is very cute.*" Kupegang dasi kupu-kupu warna kuningnya. Kali ini ia seperti memakai seragam paduan suaranya.

"*It was La Boheme. It was so big, I almost can not handle it.*" Aku masih merinding mengingat pengalaman pertama melihat opera di gedung Metropolitan Opera New York City. "*It was too beautiful. It was a total dream comes true moment,*" lanjutku, menahan napas. "*You know, I have been a huge fan of tenor singers like Pavarotti and Domingo.* Semenjak SMA! *I really love these tenor singers and it's pretty weird at that time, in my age, in Batu to listen to their songs. Nessum Dorma is my first love!*"

"Oh ya?" katanya singkat, seperti tak mengerti apa yang baru saja aku sampaikan.

Opera! Itulah yang pertama kali aku pikirkan ketika menginjakkan kaki ke New York! Panggung besar, suara besar. Bahkan, jika aku hanya diberikan waktu sehari saja di New York, cukuplah bagiku untuk meluangkan dua-tiga jam melihat opera dan pulang. Ada sesuatu yang terbawa ketika mendengarkan suara tinggi para penyanyi itu, ada melankoliku yang membaur dengan tiap not yang dilantunkan. Ada ketenangan dan gemuruh yang bersamaan muncul. Mungkin mereka bisa menangkap beberapa luka dan kesepianku. *I don't know.*

Aku juga menyempatkan diri melihat beberapa pertunjukan di Broadway selama beberapa tahun di New York, tapi jiwaku adalah opera.

"*I like Broadway. I loved Phantom of The Opera. But my heart goes to real opera. It's like a rehab for me to come to this place. It's healing. I think you're gonna enjoy it.* Semoga. Jangan ketiduran ya!"

Masih ada kira-kira satu jam sebelum *Manon Lescaut*, opera yang akan kami lihat malam ini. Untuk mengisi waktu, aku ceritakan bagaimana aku terbang ke New York untuk pertama kalinya.

Aku masih belum menanggapi serius "*Ati is looking for you!*" sampai mendapatkan e-mail kedua dari Mbak

Ati yang menjadwalkan sebuah telepon *interview* dengan *senior manager* DP di sana. Ini telepon *interview* pertama yang pernah kulakukan. Karena perbedaan waktu 12 jam antara New York dan Jakarta, kami memutuskan untuk melakukannya di pagi hari waktu Jakarta. Pada hari Selasa itu, sekitar jam 7 pagi, sebelum AC diaktifkan, aku sudah menunggu telepon dari New York di meja kerjaku yang terbuka. Detik demi detik, detak jantungku berpacu semakin cepat, keringat mulai membasahi baju kerjaku. Bagaimana jika aku tak mengerti bahasa Inggris mereka? Bagaimana aku harus memperkenalkan diri dan menjawab semua pertanyaan? Bagaimana pula jika Bapak Raden Pardede datang melewatiku saat telepon *interview* berlangsung? Kegundahan itu pun terpecah ketika teleponku berdering!

"*Hi Iwan, this is Rickie Khosla from Nielsen office in New York. How are you doing this morning?*" Senior Manager Data Processing di New York itu memulai wawancara. Suara Rickie yang hangat dan aksen bahasa Inggrisnya yang jelas membuat aku sedikit nyaman mengikuti wawancara ini. Dan dengan bahasa Inggris yang terbata-bata, aku pun mulai memperkenalkan diri dan mencoba memberikan jawaban yang terbaik dan jujur. Wawancara selama hampir setengah jam ini berjalan cukup lancar.

"*OK, Iwan, this all sounds great. Do you have any questions for me?*"

Sebelum menjawab pertanyaan itu, tiba-tiba Bapak Raden Pardede muncul, melewati tempat kerjaku. Aku hanya bisa tersenyum menyambut beliau. Setelah Pak Pardede memasuki ruangannya, aku menjawab pertanyaan Rickie dan menyelesaikan *interview* itu.

"*OK, Iwan. It's been nice talking to you and we'll get back to you in a couple days. Have a great day.*"

Aku letakkan gagang telepon, merasakan embusan AC yang mulai mendinginkan lantai kantor yang masih sepi ini.

Meskipun *interview* dengan Rickie berjalan lancar, lebih baik dari yang aku duga sebelumnya, aku masih tak berharap banyak untuk bekerja di New York. Tapi, ide tentang New York terus menggantung di benakku.

Akhirnya, berita yang aku tunggu-tunggu pun tiba. Mbak Ati menelepon kosku malam itu.

"Apa kabar, Wan?" sapanya. Aku yang baru pulang dari kantor Danareksa, kaget dan senang mendengar suara Mbak Ati. "*Hey, Rickie is very happy with your interview and we'll get you an employement letter soon.* Kalo lo setuju, kita segera urus US visanya."

Aku meletakkan kembali gagang telepon yang terletak di dapur rumah ibu kos, lalu berjalan kembali ke kamar.

Menutup pintunya. Asap rokok Sampoerna Mild dan Nessun Dorma dari Luciano Pavarotti melambung ke atap kamar kos sebesar 3 x 3 meter ini. Aku hilang sesaat.

Malam itu, aku langsung pergi ke wartel di dekat kos dan ingin membagi berita besar ini dengan orang-orang tercinta di Batu.

"Buk, percaya nggak? Aku ditawari kerja di Amerika, di New York!"

Ibu sempat terdiam beberapa saaat. "Kamu sudah yakin? Kan baru beberapa bulan saja di Danareksa."

Saat itu kami belum tahu, berapa jauhkah jarak antara Jakarta-New York? Di belahan dunia manakah New York? Seperti apakah kehidupan di sana? Bagaimana perpisahan ini akan mengubah hidupku, mengubah hidup kami semua? Dengan nasihatnya yang sederhana, Ibu tidak menanyakan berapa besar gaji, atau kapan aku akan pindah ke New York. "Kamu pikir dulu, kamu kan yang tahu apa yang terbaik untuk hidup kamu. Ibu hanya berdoa untuk yang terbaik."

Aku kembali ke tempat kos, kembali mendengar Pavarotti. Asap Sampoerna Mild kembali melambung di udara bersama impian tentang New York.

Aku selalu ingin melihat opera selama hidupku, dan

mimpi ini semakin dekat, ketika Wendy Jenkins, salah satu direktur di Nielsen New York, mengirimkan beberapa dokumen untuk mendapatkan visa kerja di Kedutaan Besar Amerika. Wendy yang pernah bekerja di Nielsen Jakarta adalah manajer Mbak Ati dan yang merekomendasikan Mbak Ati untuk bekerja di Nielsen New York.

Proses mendapatkan visa berjalan sangat lancar karena dokumen-dokumen yang disiapkan oleh Wendy dan seorang *laywer* yang bekerja untuk Nielsen, Ted J. Chiappari sangat lengkap. Proses mendapatkan visa kerja saat itu tidak sesulit setahun kemudian, setelah terjadinya tragedi 9/11. Setelah pergi ke Kedutaan Besar Amerika untuk *interview*, aku mendapatkan Visa L1 di pasporku beberapa hari kemudian. Kepergianku ke Amerika semakin dekat, aku semakin tak bisa terlepas dari *Nessum Dorma* dan Sampoerna Mild-ku.

Setelah mendapatkan visa, aku menyadari bahwa uang tabunganku selama dua tahun bekerja di Jakarta belum cukup untuk membiayai hidup pada bulan pertama di Amerika. Aku sempat berpikir ingin meminjam uang dari Lek Tukeri, tapi aku tak ingin terus-terusan merepotkan dia. Orangtua dan kakakku berusaha juga mencari jalan keluar. Akhirnya beberapa hari sebelum keberangkatanku, Mbak Isa berhasil meminjam uang sebesar 1.000 dolar Amerika pada salah satu orangtua murid lesnya untuk biaya hidup bulan pertamaku di New York. Pada saat itu, 1.000 dolar Amerika adalah jumlah yang sangat besar. Berkat kepercayaan yang luar biasa, Mbak Isa mendapatkan pinjaman itu dengan mudah. Dengan tambahan uang, aku semakin bertekad untuk pergi ke New York, membangun hidupku dan mengembalikan uang pinjaman ini dari gaji pertamaku, secepatnya.

Jakarta, 29 September 2000. Karena kesibukan kerja di Danareksa, aku tak sempat pamit pulang ke Batu. Malam hari menjelang kepergianku, dengan isak tangis di telepon, aku meminta doa kepada kakak, adik, Bapak dan Ibu. Malam itu, di dapur ibu kosku, airmata tak hanya membasahi pipi. Gelombangnya melewati malam menuju kaki Gunung Panderman dan membasahi rumah kecilku.

"Yang tabah ya, Nak. Jaga dirimu."

Aku semakin tak kuasa menahan tangis, jantungku berpacu cepat. Aku sempat meragukan kepergian ini, tapi tak ada titik balik dari sini. Aku harus pergi dan berani. Kamar kosku sepi. Aku pergi ke bandara dengan membawa satu koper besar dan tas kecil yang berisi tiket dan dokumen penting bersama airmata yang masih belum kering dari pipiku. Tak ada keluarga yang mengantar ke bandara, hanya ibu kos dan anak-anaknya: Kandar, Mas Iwan, Leni, dan beberapa teman dari Kebun Pala.

Memasuki pesawat Korean Airlines, aku melihat ke

belakang, mendekap kenangan masa kecilku dan wajah-wajah orang tercinta yang aku tinggalkan. Aku biarkan air-mata ini mengalir, karena aku yakin ada tempat yang lebih hangat buat masa kecil dan rumah kecilku. Biarlah, airmata ini mengalir, membentuk garis indahnya.

Tepat lima belas menit sebelum *Manon Lescaut* dimulai, aku selesaikan ceritaku dan kami memasuki gedung Metropolitan Opera New York City.

"Wooowww. Woww," ia terperangah ketika memasuki *hall* gedung ini. Interior gedung dan beberapa *chandelier* yang menggantung di atap terlihat begitu spektakular. *Hall* ini terlihat penuh. Kebanyakan orang-orang lanjut usia yang memakai baju malam warna hitam dan hanya ada beberapa anak muda dan beberapa turis di sana. *Manon Lescaut* yang diadaptasi dari novel Prancis karya Antoine François Prévost ini berlatar di Paris dan New Orleans. Mungkin opera ini tak sepopuler *La Bohemme* atau *Carmen*, tapi merupakan salah satu opera terbaik yang pernah aku lihat. Bahkan aku menyukainya lebih dari *La Bohemme.*

Layar terbuka, musik mengalun. Aku sudah terbawa, bahkan sebelum opera ini dimulai. Maaf sekali, pembaca sekalian, aku tidak bisa menemukan kata-kata yang tepat, yang bisa melukiskan bagaimana keindahan dan perasaanku saat itu.

"*I am very happy, you didn't fall a sleep.*"

Semua penonton berdiri memberikan tepuk tangan meriah ketika opera yang berdurasi kurang lebih tiga jam ini selesai. Akhir opera ini berdarah!

"*Thank you, thank you! Its so beautiful,*" katanya. Kami berdua duduk termenung, sementara orang-orang sudah mulai meninggalkan gedung.

"*I think I can leave you now.*"

"*What do you mean I can leave now?*" protesku.

"*You are much stronger now,*" katanya. "*It's been nine years. I really enjoyed it, your stories, your company, your life. You need to live by your own now. Enjoy your life, liberate yourself,*" katakatanya dalam di tengah gedung opera yang mulai sepi ini. "*I need to go back,*" bisiknya. "*I need to go back.*"

Beberapa lampu dipadamkan. Aku cium keningnya dan berjalan keluar gedung opera.

33

MUSIM SEMI PERTAMA

New York City, Januari 2009. Dengan pertimbangan yang berat, dengan kerinduan akan rumah kecilku yang selalu muntah dalam setiap langkah melalui jalanan di New York, dengan keberanian yang luar biasa, aku memutuskan untuk berhenti dari Nielsen.

"*I think this is an emotional decision. Please think about it for a week or two,*" kata VP Nielsen Consumer Research NY saat itu. "*Why don't you take a break for a couple weeks go home and spend time with loved ones?*"

"*What do you think?*" tanyaku kepada lelaki kecil ini sepulang kantor.

"*Did you just ask me? Come on now. You know Nielsen more than anyone else in this world. You've been there for like nine years? You know what's the best for you,*" jawabnya lugas. "*I also think my time has come now, I am leaving soon,*" tambahnya.

"*OK, now you are telling me you are leaving. I think I'm just leaving too,*" jawabku, sedikit emosi.

Kami duduk berdua di Starbucks Astor Place saat itu. Diam sesaat, melihat lalu-lalang anak-anak muda di sekitar Cooper Square di antara hujan yang tengah deras.

"*I think your manager is right. This is too emotional for you. Work has been crazy in the past four months and you missed home immensely. Go home to Batu and think about it. I'll go with you, before I leave!*"

"*Reallly? That would be great going home with you! Can't wait dear friend,*" sahutku.

"*But, this could be my last trip with you,*" lanjutnya.

Aku pura-pura tidak mendengarkan kata-katanya yang terakhir. Bahagia saja, karena ia akan pergi ke Indonesia bersamaku. Kenangan pun melayang saat pertama kali aku menginjakkan kaki ke New York.

Di tengah perjalanan dari Jakarta ke Seoul, aku menerawang jauh lewat salah satu jendela pesawat ini. Begitu gelap, di tengah penumpang lain yang tertidur nyenyak. Dari balik jendela, aku melihat lembar wajah Ibu, Bapak, dan saudara-saudaraku. Di balik awan gelap, aku melihat bayangan diriku dan rumah kecil.

Setelah transit beberapa jam di Seoul, aku pun melanjutkan perjalanan ke New York. Bayang-bayang itu masih menyertaiku. Bahkan aku melihat Bapak Mun yang mengenakan kopiah hitamnya dan Ibu Wagini, dengan kain batik tuanya.

Pagi itu, 1 Oktober 2000, sekitar pukul sepuluh pagi, setelah lebih dari 20 jam, pesawatku mendarat di John F. Kennedy Airport, New York. Sebelum mendarat di salah satu bandara tersibuk di dunia ini, aku terperangah melihat pemandangan New York City dari udara. Hamparan rapi rumah-rumah yang "bersih", gedung-gedung pencakar langit yang dramatis, taman-taman yang indah di sana-sini. Aku serasa keluar dari Bumi dan melihat planet lain! New York City! New York City!

Setiba di bandara, di tengah kelelahan dan rasa mengantuk, aku berdiri di antara ratusan orang yang berjejer rapi menunggu pemeriksaan dari imigrasi. Di antara ratusan turis, imigran yang mencari suaka politik, pelajar, bayi, anak muda, ibu-ibu, atau orang tua yang duduk di kursi roda, dari berbagai sudut dunia. Setelah pemeriksaan dokumen dan sedikit wawancara di bagian imigrasi, aku menuju ke tempat pengambilan bagasi, menunggu satu-satunya koper yang aku bawa.

Warna pagi menembus kaca-kaca lebar di JFK, aku merasa sepi dan dingin.

"*Hi, you must be Iwan! My name is Jose and I am going to take you to Ati's apartment in Mount Vernon. How's your flight?*" Pria berumur sekitar 45 tahun berdiri di depan pintu kedatangan membawa kertas putih dengan namaku tercantum di sana: "Mr. Iwan Setyawan".

Aku pun memasuki mobil sedan hitam yang dikendarai oleh Jose, menuju Mount Vernon, sebuah kota kecil di *sub urban* New York City, sekitar 30 menit dari Manhattan, ke tempat Mbak Ati yang akan menampungku untuk beberapa bulan. Di sepanjang perjalanan, mataku yang sudah letih dan mengantuk terbuka segar kembali melihat jalanan aspal besar yang mulus, rumah-rumah bertingkat di sepanjang Queens, daun-daun yang mulai berganti warna cokelat kemerahan, mobil-mobil mewah yang melesat di jalan yang mulus, orang-orang di dalam mobil yang terlihat begitu "bersih", menikmati musik, menikmati kesendirian mereka di mobil. Aku melihatnya seperti lembaran-lembaran lukisan baru. Lukisan yang belum pernah aku lihat. Lukisan yang jauh berbeda dengan lukisan sepanjang Kampung Rambutan ke Rawasari.

"*I think we should go now,*" kataku.

Hujan telah berhenti. Aku gandeng tangannya, seperti biasanya, berjalan menuju SoHo. Malam itu, aku ajak dia makan malam di The Mercer Kitchen. Sebuah perayaan kecil untuk perjalanan kami bersama ke *home-sweet-home*, Batu, dua minggu lagi, selama dua bulan!

Yuhuuuu! teriakku dalam hati.

34

WESTCHESTER AVENUE DAN PUNCAK RINJANI

Ia akhirnya mengunjungi rumahku di bawah kaki Gunung Panderman. Menginjakkan kaki kembali di Kota Batu, selalu memberi napas baru yang menyegarkan. Hampir setiap pagi, dari lantai dua di belakang rumah, kami menikmati warna pagi menyeruak di antara Gunung Arjuno dan Gunung Semeru. Cahaya matahari menyentuh wajahnya, memberi sedikit kehangatan di pagi yang dingin. Tak pernah kulihat dia sebahagia ini.

Melihat kembali wajah ibuku, menikmati makanannya dan melihat daster batiknya menyembuhkan semua kerinduanku. Wajah bapakku tak lagi selegam dulu. Uban mulai banyak tumbuh dan garis tua di wajahnya mulai jelas. Ada kesyahduan di matanya tapi juga kedamaian. Melihat keceriaan keponakanku di rumah mereka masing-masing, adalah kelegaan luar biasa. Aku melihat bermacam mainan, buku-buku cerita bergambar, pensil warna, kertas gambar, tas sekolah lucu, sandal warna-warni, bahkan komputer. Berbeda sekali dengan masa kecilku.

Pada malam hari, biasanya Kota Batu dingin sekali dan aku banyak meluangkan waktu di ruang tamu saja. Bercerita tentang hidupku di New York, memperlihatkan beberapa pose yoga ke kakak-kakakku, atau bermain-main dengan keponakanku. Ia, bocah kecil itu, menikmati keramaian ini. Senyum di wajahnya menambah terang ruang tamu yang tak sesempit dulu lagi. Rumah kami sekarang berlantai dua, ada empat kamar. Salah satu kamarnya, tepat di atas dapur lama kami. Hanya Bapak Ibu saja yang tinggal di sini sekarang.

Kalau malam tidak begitu dingin, kami pergi ke alun-alun Kota Batu atau tempat nongkrong di dekat Kota Pujon sembari makan jagung bakar atau bakso.

Gemerlap lampu-lampu jutaan watt malam hari di Times Square New York City begitu megah, begitu spektakular, begitu besar, tetapi jiwaku tak bisa jauh dari gemerlap lampu-lampu yang menyala di seputar Kota Batu yang terlihat dari jalanan berliku menuju Kota Pujon ini. Kota Batu, di malam hari adalah sebuah meditasi kehidupan. Kesunyian yang menyembuhkan, lamunku di sana suatu malam.

Mungkin di sinilah, akan kulepaskan melankoli hitam dari pusat-pusat kota, debu-debu dari perjalanan panjang.

Di sinilah, akan kutanam kembali harapan yang pernah hilang, masa kecil yang tak berwarna, atau kekecewaan akan dunia.

Di sinilah, akan kurebahkan hidupku.

Setelah menikmati ketenangan Kota Batu, aku mengajaknya pergi ke Gunung Rinjani di Lombok. Tiga hari dua malam *trekking* melalui jalur Senaru menjadi salah satu puncak perjalanan spiritual dalam hidupku. Di sinilah aku merasakan meditasi total, meditasi yang membebaskan.

"*You're ok back there?*" Kudengar napasnya yang ngos-ngosan.

"*We're almost there, like in ten mins,*" kata *guide* yang baru saja lulus SMA tahun lalu.

"*I am fine. I am fine. Bring it on!*" katanya bersemangat. Kaki kecilnya begitu lincah, di hari pertama *trekking* ini.

"*Gosh, finally!*" Kami sampai di pos peristirahatan untuk malam pertama, di sebuah bukit di atas Segara Anakan.

"*I have been around, exploring few countries. But this is different. This is spectacular*!"

"*Oooooh my Gooooood!!!*" teriakanku menggaung melihat pemandangan yang luar biasa dari atas Gunung Rinjani ini.

Senja di Rinjani begitu sempurna, bisa menembus jantung siapa saja. Sebuah total melankoli yang misterius, yang memasuki jiwa tanpa disadari! Aku merasa terbebas. Mungkin ia juga.

Semuanya terhenti,
gundah entah ke mana,
masa lalu menjadi masa lalu,
dan tak ada lagi kegelisahan untuk masa depan

Memandang senja sore ini di puncak Rinjani,
aku menjadi hari ini,
saat ini.
Sebuah meditasi yang sempurna menjadikan bahagia atau luka tidak penting lagi.

Berdua kami duduk di atas bongkahan kayu di samping tenda. Udara malam, dingin, sepi, kugenggam tangannya erat. Selama dua minggu di Batu, aku semakin mengenal dia. Aku bisa mengerti dia, seperti aku mengerti diriku sendiri.

"*I love you,*" bisikku. Wajah kecilnya terlihat lelah, sedikit resah. Mungkin karena pendakian hari ini atau perjalanan panjangnya bersamaku di New York.

"*It's been a wonderful journey. I am very happy*. Aku hanya sedikit capek," katanya pelan. Mata bulatnya menerawang jauh ke timur. "*May I go now?*" lanjutnya. Kuhela napas panjang dan kuelus rambutnya. "*I want to protect you and… you may go,*" kataku bergetar. "*You may rest here. You may go here,*" kutepuk dadaku. Ia rebahkan badannya di dadaku, kepalanya tepat di depan jantungku, begitu dekat.

"*We have been so good together! We understand each other along the way.*" Kukecup keningnya. Airmataku menyentuh airmatanya. "*This is not a goodbye,*" kataku.

Dari puncak Rinjani, selepas kepergiannya, sejenak aku melihat Empire State Building, Metropolitan Museum of Art, SoHo, Brooklyn Heights, 770 Broadway, 111 Sullivan Street, atau Jivamukti Yoga School, begitu jelas, begitu dekat. Aku seperti tak pernah meninggalkan mereka. Sementara aku juga melihat jelas Gang Buntu, Gunung Arjuno, Gunung Panderman, rumah besar tetanggaku atau toko kecil di depan gang. Bintang-bintang meledak di kegelapan malam. Biarlah kusimpan semua kenangan dan gundah di sini, dalam hatiku, karena aku ingin menikmati keindahan Rinjani malam ini.

Dan setelah satu hari di Gunung Rinjani, ia meninggalkanku. Aku tak tahu ke mana masa depan ini akan membawaku? Siapa pula yang tahu? Aku hanya ingin melangkah maju…

Aku ingin membangun sebuah kamar kecil, di tanah airku.

Salah satu langkah besar terjadi setahun setelah perjalanan ke Rinjani ini.

35

9 SUMMERS 10 AUTUMNS

Date: April 23, 2010
From: "I.S." <*****@nielsen.com>
To: "Global Nielsen Consumer Research US" <*****@nielsen.com>
Subject: 9 Summers and 10 Autumns

It was autumn, 10 years ago in a beautiful small town of Pleasantville, Westchester where my journey in the US had begun! It was unforgettable beautiful autumn foliage along Bedford Road, a serene neighborhood and the warm welcome from wonderful colleagues & friends.

It has been 9 summers and 10 autumns of life-changing experience, and I would like to **thank each one of you**, for making this journey so sweet, so colorful, just like the first autumn foliage along Bedford Road, and yet better. Seasons change and the color of autumn fades, but the memory and experience from this journey will stay with me.

In this journey, I have fallen in love with the streets of New York City, Dostoevsky, Opera, world culture and beautiful Jivamukti yoga. Nothing is set in stone for now, but just like me taking a chance with yoga, I will take another chance and hopefully discover other passions in other activities. It will be exciting.

Farewell everyone, farewell
Farewell but not for ever.

Cheers,

I.S
Director, Internal Client Management
Nielsen Consumer Research, New York
USA

“Ah, children, ah dear friends,

do not be afraid of life!

How good life is when you do something good & rightful!”

Dostoevsky’s

The Brother Karamazov

36

KENANGAN TERDALAM

Dua bulan setelah aku mengirimkan *farewell e-mail*, aku meninggalkan New York. Sebuah surat aku temukan di salah satu buku yang akan kubawa pulang. Sebuah surat yang belum sempat aku berikan kepada bocah kecil itu. Ia ada di hatiku, pikirku. Biar kusimpan secarik kertas ini untukku, untuknya.

Dearest,

Catatan ini sengaja aku tulis lewat surat untukmu. Ada beberapa bagian yang tak mungkin bisa aku ucapkan langsung untukmu.

Sore itu, sekitar pukul empat, sambil membaca *Netochka Nezvanova*-nya Dostovesky, aku melihat beberapa anak kecil seusiamu di Washington Square Park. Mereka berkejaran, bercanda, berteriak, seperti burung-burung liar yang beterbangan di atas padang ilalang, seperti gumpalan salju yang turun di sepanjang Westchester Avenue. Lepas. Kaki kecil mereka berlompatan di atas rumput hijau, rambut mereka tergerai angin, dan keringat mengucur di kulit halus mereka. Kebahagiaan yang terpancar, begitu segar, begitu sejuk. "*The soul is healed by being with children*", sebuah *quote* dari Dostoevsky mungkin tepat untuk melukiskan perasaan orangtua yang sedang menyaksikan kebahagiaan anak-anak ini, juga diriku, yang terbawa ke alam hijau mereka.

Dunia akan menjadi tempat bermain yang berbeda ketika kita dewasa dan kenangan masa kecil seperti inilah yang bisa memberikan kesejukan kelak, renungku di sana, di antara tawa lepas mereka. Beberapa orangtua memanggil anaknya, mengusap keringat mereka, memberikan minum, *snack*, atau pelukan.

Aku tak bisa memilih masa kecilku.

Masa kecilku mungkin tak seindah dan selepas mereka, tapi kehangatan di bawah rumah kecilku telah menyelamatkanku. Jalan hidupku mungkin akan berbeda, *I would have been so lost*, tanpa kesederhanaan Ibu, tanpa perjuangan keras Bapak, tanpa cinta yang hangat dari saudara-saudaraku. Memori masa kecil membuat aku bijak dalam mengenal diriku sekarang.

Dan lewat tangan kecilmu, lewat tatapan mata bulatmu, aku berani menjenguk masa laluku dan memahaminya. Aku hampir menceritakan semuanya kepadamu. Kali ini, mungkin untuk terakhir kalinya, aku ingin membagikan satu kenangan yang menjadi pagar hidupku, sebuah kenangan yang ke dalamnya telah membuat ruang sendiri di hatiku. *This is a little story about my mom.*

Malam itu, sehabis ayahku pulang kerja, pulang dari angkotnya, *something happened*. Ia capek dan mungkin putus asa karena tidak mendapatkan uang cukup hari itu. Mungkin juga karena anaknya yang lain, angkot tuanya, harus masuk bengkel lagi setengah hari. Sementara kebutuhan minggu itu sudah menumpuk. Kami harus makan, bayar listrik dan uang sekolah. Bapak melemparkan emosinya ke Ibu. Ini bukanlah pertama kalinya mereka beradu pendapat, tapi malam itu *things were so bad*. Aku di kamar bersama saudara-saudaraku. Menutup pintunya rapat-rapat, diam. Tegang. Setelah seperempat jam kemudian ketika tak kudengar adu mulut lagi, aku keluar kamar. Kudapati Ibu duduk di lantai, di pojok dapur, tersedu. *She held me tight*. Dia kemudian mengajakku berjalan keluar rumah. Kami diam sepanjang jalan. Aku tak tahu harus berbuat apa.

Melihat airmata Ibu jatuh saat itu, *I told my self, I will not let this happen again. I want to make her a happy mother, a very happy mother. I want to do something for my family. I love them so much*. Dari sinilah aku mulai melihat hidup ini tak hijau lagi.

Kenangan ini, meskipun perih, telah menyelamatkan hidupku.

Aku tak bisa memilih masa kecilku.

Dearest,

With tears, from both my eyes and my heart, right now, while remembering that story, I want to thank you for being so good to me, for always patiently listening to me and guarding me. You have saved me!

If you want to go and rest, I will respect your decision, the way you have been understanding me. Pure and deep. You know, you are always in my heart. Wherever you are.

Live. Let's live. Tomorrow is here, now.

I love you, very much
Your brother

ଓ

FEW WORDS FOR 9 SUMMERS 10 AUTUMNS

Bagi Iwan, mungkin tidak ada buah yang lebih bersejarah dibanding apel. Novel ini bagai jejak rekam memori seorang anak kampung dari kesunyian kebun apel hijau di Batu, lalu meniti hidup dengan kerja keras, dan tiba-tiba menemukan dirinya berkantor di the Big Apple, kota New York sebagai seorang direktur perusahaan multi nasional. Amboi, bagai sebuah dongeng, tapi nyata. Bagai mustahil, tapi riil.

Buku ini adalah bundelan kertas penting yang disesaki hikayat kerja keras, kehangatan keluarga, dan perantauan. Sungguh sebuah praktik *man jadda wajada* yang terang. Selamat mereguk semangat perjuangan dan kesabaran seorang Iwan. Anak sopir angkot di sudut Jawa Timur yang berkilau di New York. Inspiratif.

A. Fuadi (Penulis *best seller* trilogi *Negeri 5 Menara*)

Menggugah. Satu kata untuk novel ini. Iwan berhasil membahasakan dengan ringan dan renyah bahwa pendidikan dan determinasi hidup adalah sahabat sejati perbaikan nasib manusia. Bagi yang menghajatkan inspirasi, novel ini adalah jawabannya.

Anas Urbaningrum (Penulis, pencinta kuliner nusantara, politisi)

Pendidikan bukan saja mencerdaskan. Pendidikan adalah eskalator. Dia mengangkat derajat sosial ekonomi. Dia membukakan pintu-pintu baru untuk meraih kemajuan. Pendidikan adalah kunci dibalik keberhasilan Iwan.

Orangtuanya supir angkot, anaknya direktur di salah satu perusahaan paling terkemuka dunia, berkantor di New York.

Kisah Iwan menjadi bukti nyata tentang efek pendidikan. Karena itu, berikanlah akses pendidikan berkualitas pada setiap anak Indonesia. Tidak peduli anak miskin atau kaya, anak kota atau desa. Keterdidikan mereka akan membawa Indonesia menuju pada cita-citanya.

Iwan dari Kota Batu adalah bukti dan dia adalah inspirasi, bacalah novel ini dan kita akan merasakan optimisme itu tumbuh merekah.

Anies Baswedan (Rektor Universitas Paramadina dan Ketua Indonesia Mengajar)

Novel ini tidak bercerita tentang mimpi, tetapi tentang keberanian untuk menembus batas ketakutan. Kisah luar biasa yang diceritakan dengan lugas dan sederhana.

ES Ito (Penulis novel *Negara Kelima* dan *Rahasia Meede*)

...sebuah perjuangan bersama untuk hidup yang lebih baik... *can't agree more*!!! Mas Iwan, engkau sedang bangun kapal besar muat banyak orang! ... *you'll be everyone's hero.*

Heni Andajani (Perintis Lembaga Pendidikan untuk Anak Usia Dini dan Sanggar/Kursus Anak, Penulis)

Di tengah kebisingan kota dan kesibukan dunia maya, sering kita merasa gelisah dan merasa hampa. Kesibukan melilit kita dan membuat kita terlupa akan hati nurani.

Hati nurani yg setia telah menemanimu menjelajah dunia. Hati nuranimu yang terlahir dari kesederhanaan materi dan kekayaan cinta. Hati nurani yang menemanimu dalam kegelisahan dan kebahagiaan. Hati nurani yang terlahir dari kasih sayang seorang ibu yg berhati putih. Yang membuat rumah kecil terasa sangat luas tanpa ujung.

Sebuah karya, sebuah *legacy* yang menyentuh hati. *I love you, as always...*

IRA HIDAYANTI RAICHANDANI (Ibu dengan anak laki-laki 6,5 tahun, Chicago, USA)

Ini adalah cerita tentang perjuangan hidup, ketegaran, ketulusan dalam kesederhanaan. Iwan bertutur dengan hatinya, lebih dari sekedar kumpulan kata. Bagai sebuah lukisan indah yang tidak semuanya berwarna cerah... Bertutur tanpa menggurui.... menjadi inspirasi untuk membesarkan buah hati dengan hati... *Chinese can be proud of the Tiger Mom...* Ibuk adalah contoh nyata perempuan luar biasa, yang hatinya putih... lembut di permukaannya namun kekuatan hatinya mampu membawa Iwan melanglang buana... *Subhanallah*.

IRMA MARTAM (Ibu tiga anak, psikolog, kandidat Master in Public Health di George Washington University)

I am lucky enough to have worked as Iwan's manager for a little over a year in New York City. He was a star—truly invaluable to our organization's success. Iwan was recognized as one of the strongest contributors to our most complex projects and he and his team were extraordinary in their successful execution. Our clients were very well aware of the value that Iwan brought to the projects he worked on--he was viewed as a true guru and his points of view were well respected. Most importantly, though, is that Iwan was an exceptionally strong mentor and teacher for those on his team. He was passionately dedicated to those he worked with and took a strong interest in coaching and teaching others. As a leader, I often sought out Iwan's point of view as he understood the value behind the spirit of collaboration and provided me with many wise thoughts during our time together.

JENNY FRAZIER (Vice President Nielsen Consumer Research USA Jan 2009-2010)

Buat saya *it is a compilation of lyrical essays using structure of a novel.* Kesan yang bisa saya *share* adalah novel kamu membangkitkan kesadaran pada saya bahwa pikiran positif tidak lahir dari dunia pikiran, tapi dari dunia perasaan. Kendati terkesan sebagai produk pikiran, merupakan hasil dialektika perasaan dan kepercayaan dalam memaknai realitas. Novel kamu sebuah celah yang bisa digunakan untuk mengenali sebuah tanda pada pikiran postif ; pikiran positif tidak mengenal sesal. Tanda ini membuat pikiran positif berada pada posisi lawan semua pikiran tentang takdir dan nasib.

Jim Supangkat (Independent curator)

Sebuah kisah yang indah dan mengharukan, yang dituturkan dengan kejujuran, cinta dan rasa syukur. *9 Summers and 10 Autumns*, bukanlah sekadar kisah luka dan airmata, bukan pula cerita cinta. Ia bahkan bukan semata-mata lakon perjuangan untuk menggapai kebahagiaan. Ia adalah prosa sebuah kehidupan. Sebuah perjalanan seorang anak manusia yang tak pernah berhenti mencari makna kehidupan dan di perjalanan ini ia belajar tentang cinta, jatuh cinta dengan kehidupan, dan menemukan jati dirinya.

Merlyna Lim (Profesor di Arizona State University)

Sebuah buku wajib untuk generasi muda Indonesia. Sebuah kisah inspiratif yang mengingatkan kita untuk selalu berikhtiar dan 'berlayar, terus berlayar, jangan hanya tunggu keajaiban untuk datang'. Sebuah pesan untuk selalu mensyukuri orang-orang di sekitar kita. Membuat kita senantiasa ingin sungkem kepada kedua orangtua.

Mohamad Al-Arief (Direktur Indonesia Relief-USA, Washington DC)

9 Summers 10 Autumns adalah novel rekonsiliasi masa lalu dan masa depan. Jika masa kini tantangan dan masa depan adalah kegelapan misteri, maka apa kekayaan terindah kita bila bukan masa lalu, biarpun kegetiran masih tergores di sana?

MOHAMAD SOBARY (Mantan Direktur Kantor Berita Antara, budayawan, tokoh NU)

Saya tak mengenalnya sebagai teman kecil atau remaja. Tapi momen-momen yang terlalui bersama Iwan saat di New York selama tak lebih dari 6 bulan kini terasa lebih lengkap mengenalnya dengan membaca cerita-cerita pendek di sini. Di novel ini Iwan bertutur salah satu penggalan perjalanan hidupnya yang terjal, berliku. Cinta ibu, saudara perempuan & sahabat telah menemani kesetiaannya untuk sabar & kerja keras dalam perjalanan waktu yang tak pendek. Ada begitu banyak kekuatan tersimpan dalam cerita ini. Salah satu kekuatan itu adalah caranya yang selalu berpijak pada ingatan masa lalu dalam setiap langkah menapaki hari ini, terus menuju masa depan, seakan mau membuktikan apa yang dikatakan oleh William Faulkner bahwa masa lalu itu tak kan terlupakan, dan kenyataannya dia bukan masa lalu. Masa lalu adalah sesuatu yang kita hidupi selalu setiap saat. Kisah-kisah di novel ini membentangkan siklus hidup alam sagir yang bersahaja, mengubah masa depannya sambil bertafakur seperti syair Frank Sinatra '*life is like the season, after winter comes the spring..*'

USMAN HAMID (Aktivis hak asasi manusia, *expert advisor* untuk International Center for Transitional Justice, KontraS, bapak dari Wisanggeni)

Buku ini berhasil membuat saya tidak bisa berhenti membaca sampai titik terakhir. Disampaikan dengan gaya bahasa yang indah bagai puisi, namun mudah dipahami tanpa kesan bertele-tele ataupun membosankan. Satu hal yang pasti Iwan bukan hanya menyampaikan kesulitan dan kenyamanan hidupnya, tapi juga menunjukkan kepada kita semua usaha dan kerja keras yang telah dilakukan dalam menempuh jalan dari Batu, kota Apel sampai ke New York, the Big Apple. Saat kita sadar nama keluarga kita adalah nama yang tidak memiliki "power" apa pun, maka saat itulah juga kita seharusnya sadar akan segala tantangan besar di hadapan kita. Saya akan mewajibkan anak-anak saya membaca buku yang untuk saya, mengharukan sekaligus inspiratif ini. Agar mereka sadar bahwa keluarga bukan sekedar sekumpulan orang yang kebetulan memiliki pertalian darah dan masa lalu bukan cuma waktu yang sudah lewat."

VIRGINIA RUSLI (Ibu tiga anak, Pemimpin Redaksi Majalah CLARA)

This is a story of classical motivation and the rewards and tribulations that come to people who have the perseverance to pursue their dreams. It is particularly compelling because the book addresses issues of cultural adaptation, the underlying moral of the story. It happens to be placed in the context of two very different cities, Malang and New York, that have opposing yet complementary cultural features. But most of all it is a story of dreams come true, sharply focused by a person who knows what he wants. Certainly very relevant in today's world which needs the dose of positive energy that Mr. Iwan Setyawan delivers.

WIMAR WITOELAR (Authority in journalism, public relations and communication)

HEARTS THAT TOUCH ME

Ucapan terima kasih saya sampaikan sedalam-dalamnya kepada semua jiwa yang telah membantu saya melihat dunia dan menuliskannya dalam buku ini:

- Bapak Abdul Hasim, Ibu Ngatinah. *Samudera cinta tanpa batas.*
- Alm. Bapak Ngatemun, alm. Ibu Wagini. *Forever in my heart. For ever.*
- Mbak Isa, Mbak Nani, Rini, Mira, Papik, Mas Hari, Agus, Kendik, Daanii, Ciul, Alya, Arie, Ridho, Ayu, Dyah, Andri. *Cinta, hati dan hidupku.*
- Nurati Sinaga. *Pembuka jalan.*
- Alm. Yani Sutopo, alm. Andi Hakim Nasoetion. *Dua nahkoda besar.*
- Lek Tukeri, Lek Sum. *Your love has kept my hope alive.*
- Roby Muhamad, Tika Sukarna. *The Big Apples. Penyala lilin.*
- Esther Widjaja, Dedy Sutjiawan, Lady Ruth dan Rima Rabbath. *Sang penyejuk.*
- Nicolas Auclair. *A beautiful man with red-and-white flag tatoo in his wrist, in his heart.*
- Keluarga besar Yanuar Zuhriansyah dan keluarga besar Mohamad Al-Arief. *Keindahan kebersamaan. Keindahan jiwa.*
- Ahmad Fuadi. *Negeri 5 Menara. Ranah 3 Warna. Sahabat baru.*
- Anas Urbaningrum, Anies Baswedan, E.S. Ito, Irma Martam, Jim Supangkat, Merlyna Lim, Mohamad Al-Arief, Mohamad Sobary, Usman Hamid, Virginia Rusli, Wimar Witoelar. *Hati dan mata dunia yang menyentuh karya ini, menyentuh hidupku.*

- Mirna Yulistianti. *Lebih dari seorang editor. Cahaya untuk buku ini.*
- Dadi Krismatono, Rio Abdurrachman. *Penuntun langkah.*
- Keluarga besar Gramedia Pustaka Utama: Wandi S. Brata, Esther Natalia, Fitri Yuniar, Mulyono. *Keluarga baru.*
- Kenny Komala. *The "iPhone" photographer. Music and Astor Place. Solitary fun.*
- Yanti Nisro. *A big heart who touches many hearts.*
- Keluarga besar Bapak Muchamad Sukarna, and my little Toby. *Generosity and home, far away from home.*
- Mbak Tia dan laskar AkNaJiMa, Mbak Daisy dan keluarga, Kak Nur dan keluarga. *Hati besar untuk buah hati, untuk keluarga.*
- Safriel Faried, Ira Hidayanti, Elisabeth Sulistio. *Always close to my heart, wherever you are.*
- My Dmitri Karamazov. *Young heart. Old soul. Daring.*
- Tirta Susilo. *A good good man. The brain of "Perception".*
- Juliar Arfandi, Fidi Sjamsoedin, Dindin Kusdinar, Onny Saputra, Istu Yulianti, Nora Marissa, Astomo Wibowo, Rishad Pohan, Ridwan, Eko Wicaksono, Damhuri Nasution, Raden Pardede. *Lingkaran hidup.*
- Manjima Khandelwal, Rickie Khosla, Wendy Jenkins, Jenny Frazier, Cathy Wu, Jenny Sam, Gabriel Bravo, Daniel Salinas, Shuchi Sethi, Victor Ochkovsky, Hiren Pocha, Kersi Katrak, James Neal, Sharon Wilson, Julia Tsepkalo, Rick Loyd, Michael Pangallo. *Work with heart.*
- Herman Aga, Ds Priyadi, Aridia Elwiq Primadani, Heni Andjani. *Melankoli dan sastra.*
- Subiakto Priosoedarsono dan keluarga, Bapak Yusuf "Bagunde" dan keluarga, Kandar "Kebun Pala II" dan keluarga, Tante Bewah dan keluarga, Budi "murid les" dan keluarga, Aditya A. Dhany, Arthur Samuel, Andy Prabowo, Agus Salim, Heri Ardin,

Luh Dian Rahayu, Swan Suseno, Symphorosa Moelianto, Rosa Kamil, Indira Sinaga, Esti Savitri, Arief Budiman, Cerina Niken, Vishnu Juwono, Sari Khairiyyah, Firdaus R. Herlambang, Mulyadi Natja, Herna Bangkit, Mieke Rossita, Yunus Anies, Mario Soerjanto, Suwandi Ahmad, Ridhwan Siregar, Andrianto Soekarnen, Yunus Eka S, Jill Green, Lisa Dawn, Anna Williams, Willam Fulton, David Cosloy, Ian St-Maurice, Ms. Lan and family, teman-teman di Hotline, workers at Dean and Deluca. *Hands that touch me.*

- Bocah kecil berseragam merah putih. *A visitor from a deep deep inside.*
- Guru, dosen, teman sekolah, kuliah, kerja dan New Yorkers yang tidak bisa saya sebutkan di sini semua. *Pahlawan, sahabat dan hati yang berlayar bersamaku.*

Lebih dari terima kasih sekali lagi untuk Bapak dengan angkot tuanya dan Ibuk dengan daster batiknya.

My everything. Everything.

Salam dari Kota Batu,

Iwan Setyawan

Tentang Penulis

IWAN SETYAWAN lahir di Batu 2 Desember 1974. Lulusan terbaik fakultas MIPA IPB 1997 dari Jurusan Statistika ini bekerja selama tiga tahun di Jakarta sebagai data analis di Nielsen dan Danareksa Research Institute. Ia selanjutnya merambah karier di New York City selama 10 tahun. Pencinta yoga, sastra, dan seni teater ini meninggalkan NYC Juni 2010 dengan posisi terakhir sebagai Director, Internal Client Management di Nielsen Consumer Research, New York. *9 Summers 10 Autumns* adalah novel pertama yang terinspirasi dari perjalanan hidupnya sebagai anak seorang sopir di Kota Batu ke New York City. Buku pertamanya *Melankoli Kota Batu* berupa kumpulan fotografi dan narasi puitis, didekasikan untuk Kota Batu. Iwan saat ini tinggal di Batu, Jawa Timur.

FB : Iwanstk@yahoo.com
Twitter : Iwan9S10A